想 把世界送给你

邓旭 著

陕西新华出版传媒集团

三秦出版社

图书在版编目（ＣＩＰ）数据

想把世界送给你 / 邓旭著 . — 西安 : 三秦出版社，2022.1

ISBN 978-7-5518-2389-0

Ⅰ . ①想… Ⅱ . ①邓… Ⅲ . ①短篇小说—小说集—中国—当代 Ⅳ . ① I247.7

中国版本图书馆 CIP 数据核字 (2021) 第 074982 号

想把世界送给你

邓旭　著

责任编辑	高　峰
出版发行	陕西新华出版传媒集团　三秦出版社
社　　址	西安市雁塔区曲江新区登高路 1388 号
电　　话	（029）81205236
邮政编码	710061
印　　刷	天津雅泽印刷有限公司
开　　本	787mm×1092mm　　1/16
印　　张	13
字　　数	172 千字
版　　次	2022 年 1 月第 1 版 2022 年 1 月第 1 次印刷
印　　数	1—3000
标准书号	ISBN 978-7-5518-2389-0
定　　价	39.80 元
网　　址	http://www.sqcbs.cn

目录
CONTENTS

想把世界送给你
xiang ba shi jie song gei ni

想把世界送给你
xiang ba shi jie song gei ni

你的笔最终会开出最灿烂的花，不要害怕，不要彷徨。生活亦是如此。

——前言

第一章　故事的开始

想把世界送给你
xiang ba shi jie song gei ni

2016 年，在那个秋风萧瑟的季节中的某个傍晚，因为日子太过平凡，我已经记不住是哪一天了。虽然我不喜欢平凡的日子，但我喜欢平凡。

那个时候刚下过雨，空气中弥漫着浓重的水汽，里面还夹杂着些许雨露的香气，这样的环境真让人放松。可那个时候，我低着头，无精打采地走在这座钢铁森林中，在那条满是青苔的不知名的人行路上。

我发出一声轻微的叹息，无奈地摇摇头，眼神中似乎还带着些迷茫和无奈。整个人都显得浑浑噩噩的，看起来没有一点生命力，这副样子在我这个年龄段还真是少见。

路对面便是一座空无一人的公园，在那里面摩天轮依旧在缓慢地旋转着。虽然很美丽，可这不是我喜欢的生存方式，缓慢而又平凡地走完一生，这种生存方式一点也不美。因为在这个下了雨的晚上，公园里面已经没有了游玩的人，让人觉得有些冷清，我最受不了这种感觉。

如果在白天，说不定就会在公园里碰到一个穿着布偶装的工作人员，然后笑眯眯地递给我一个颜色鲜艳的气球。尽管见不到工作人员真正的表情，但我相信在那笑眯眯的布偶装里面，肯定也是一样的表情。他们总是很乐见游客们开心的笑脸，尤其是孩子们那种天真又无邪的笑容，总会让人感到充满希望。

公园远处还有几棵树，尽管树上已经没有几片叶子了，但它们始终整齐地排列，看起来很凄美。如果不是亲身体验过这种感觉，我想应该很难感受出来。秋天始终是那么残酷和凄凉，因为改变不了，所以只能去适应，我们都只是这场比赛的蝼蚁，我们都是弱者。

在两个月前，我还是一名普通的、即将参加高考的高中生。可惜的是，因为身体原因而错过了无比重要的考试。结果可想而知，我只能早早步入这个充满谜团的、一无所知的社会。果然，命运就是那么调皮，总是在你人生的关键时刻和你开个大大的玩笑，不管你能不能接受。

我可能有些自夸，我本就是一个成绩优异的学生，要是我参加了那次考试，考上重点大学是肯定的。同时，我也放弃了复读，虽然这个选择看起来是错误的，可只要是自己选择的，那就没有错误可言。因为我还要照顾一个少不更事的妹妹，说起来，做兄长的就是不容易啊。

"现在几点了？艾羽应该有好好睡觉吧？"我突然想到。

看了看手表，突然一辆汽车从我的身边飞驰而过。高速旋转的车轮卷起了层层的水花，打湿了我的裤子，让我在这个寂静的夜里面显得更加狼狈。

我停下了脚步，握紧了自己的拳头，那溅起的水珠从我的身上滑下，滴答滴答地落在满是青苔的路上。街灯也仿佛顺应着剧情开始亮了起来，灯光照射到了我的脸上，也照亮了这条漆黑的、不知名的道路。

我抬起头看着夜空，这场景让人感到有些遗憾，那双被照亮的眼眸充满了不甘。

这时，再次下起了小雨，乌云遮蔽，天空已经完全被黑暗覆盖了，什么也看不见。雨滴落在了我的脸颊上，眼睛流下了一种透明的液体，眼前的场景开始变得模糊起来，很难分辨那是眼泪还是雨水了。那双曾经被所有人仰望的手，被塞进了口袋中，我继续低着头伴着淅淅沥沥的雨水和那时有时无的微风消失在了这个漆黑的夜晚，没有留下一丝的痕迹。

……

在两个小时以前，太阳刚刚下山。夕阳染红了天空，地上的影子被拉得很长很长。

身穿黑色西装、系着红色领带的我走在人群中极其显眼。其实我不喜欢这样的穿着，也或许是西装不适合我这样的小鬼吧，实在是太过正式了。这也是没办法的，面试就是得给别人留一个好印象。我记得有一本书上曾经说过："考官其实没什么本事，但是他决定了你是否有本事。"这句话说得一点也没错。

在十字路口前，我站在人群中紧紧盯着眼前的红绿灯。我开始有些不耐烦了，也开始疲倦了。这是当然的，因为今天已经参加了好几场面试了，这是最后一场。

面部肌肉的僵硬让我显得有些紧张，再加上我时不时就去看手表，只要是细心点的人都会知道这个人很赶时间。不过，有谁会关注一个素昧平生的人呢？时间根本不会停下来等着你，你只能努力抓住时间的尾巴。

其实一开始我是想坐地铁或者是公交车的，不过现在是晚高峰。在这个时候挤公交车或者是地铁，如果能有一个座位对于我们来说都是可遇不可求的，有时候甚至都未必挤上去。所以距离不是很远的话，跑过去似乎是个不错的选择。

我咬了咬牙，狠狠地说："没办法了，只能这样了，就当锻炼身体了！"

红绿灯总算开始变化，就在变成绿灯的那一瞬间，我从人群中快速冲出，用尽全身的力气向面试的那栋大楼跑去。

不过，运动对我来说是相当吃力的，我不仅不喜欢运动，甚至可以说是讨厌它。和那些流着一身臭汗还高呼这就是青春的"傻小子"相比，我想我真是成熟多了。

我大口地喘着粗气在满是钢筋水泥的建筑群里奔跑着。

前面就是面试的大楼——北山大厦。尽管还有一些距离，但总算能够看见了，似乎看见了希望，我加速跑了过去。说实话，要是我看着现在自己奔跑的样子也会被吓一跳吧，但我不想放弃，尤其是不想在希望近在眼前的时刻放弃。

跑着的时候，我不断在心里鼓励自己，想起了曾经听到过这样一个故事。

1950年，因成功横跨英吉利海峡而闻名于世的女性——沸洛伦丝·查德威克想要再创造一项前无古人的记录。准备了两年的时间，她从卡德林那岛出发，游向加利福尼亚海滩。

出发那天，海面浓雾弥漫，海水冰冷刺骨。在那看不见终点的海面上游了漫长的 16 个小时，终于，她精疲力竭。看着前方的浓雾，她认为距离终点还有一大段的距离，于是她放弃了，不论随行怎么去鼓励。最后，她发现自己离目的地只差一英里！她仰天长叹，懊悔自己为什么没有再咬牙坚持一下。

人总是容易在没有方向和目标时放弃，不是每个人都能像个"傻子"那样坚持。因为他们看不见目标，但是坚持不懈的"傻子"总是令人敬佩的。

我始终朝着我自己的目标奔跑。或许在旁人看来，我就像个穿着铠甲、手持宝剑的勇者，正要前往魔王的城堡拯救被囚禁的公主。不过没有魔王等着我去打倒，也没有什么公主等着我去拯救，更何况我也不是什么勇者。硬要说的话，我更愿意承认我是一个弱者。

我依旧是大口地喘着粗气，脚步踩在淅淅沥沥的水洼里，溅起了水花，在夕阳下似乎形成了星空点点。

一路上，我不知道撞了多少的人，尽管我已经尽力避开女人和小孩。

"你搞什么啊！"一个被我撞到的大汉大声吼道，周围的人都向我看了过来。

"抱歉，我有急事。"说完我就没有再去理会那位大汉便跑掉了。

其实，我有一种冲动，想要记住刚才被我撞到的所有人，然后挑个时间逐个去道歉。不过，我既不是超人，也没有过目不忘的本领，所以这个想法稍纵即逝。

前面就是北山大厦了。此时大厦的招牌亮了起来，"北山"这两个字显得格外耀眼。

大厦前的玻璃门打开了，我冲进了大厦，在大堂喘着粗气。就连前台的工作人员都被我吓了一跳。

我缓了一下，带着商业式的微笑走向了前台，说："不好意思，请问编辑的面试在几楼啊？"

前台人员也回了我一个商业式的微笑，说："从那里上去，就在二十四楼。"

"谢谢。"我一边说一边转过身去，看向前台工作人员手指的方向。

电梯要关上了！只能跑过去了。在之前那剧烈的运动后，我又挑战了身体的极限，但还是用尽了剩下的力气冲了上去。

就这样，差一点就夹到自己之前，我冲进了电梯门，总算按下了自己要去的楼层。终于赶上了，我靠着电梯厢壁坐了下去。虽然动作很不雅，里面也有人投来了奇怪的目光，但我实在是筋疲力尽了。

我的眼前有些发黑，大概是因为运动过度吧。

坐在那冰冷的地板上，我不禁想到一个面试时最常被问到的问题：你为什么而工作？如果面试官问到我，我想我可能会很苦恼吧，因为我实在不想提起过去。

在过去，妈妈问过我一个问题："如果人的寿命长短一开始就被确定了的话，你会怎么做呢？"

那时的我完全听不懂妈妈究竟想表达什么，只是双眼迷茫地看着妈妈满怀期待的眼睛摇头。

于是，妈妈用那修长而又苍白的手摸了摸我那乱糟糟的头发，笑着说："艾翼，或许这个问题对现在的你来说还是太早了。不过你要明白，我们既然没有改变命运的能力，那就去感受命运带给我们的欢乐和悲伤，最后只能剩下努力了。你要和艾羽一起努力地活下去，一切都得靠自己，别人是不可信的。"

当时的我完全无法理解这句话的含义，但随着年龄的增长，我多少能理解一些当时妈妈说出这句话时的心情。

其实，妈妈说完这句话没过一个月就去世了。这是她对我和妹妹艾羽的道别。

妈妈生前是一位非常出名的画家，我的绘画天赋遗传自她，自然也不会差。不过我没有走美术这条道路，都是因为那个男人……

算了，不想这些不开心的事了。人总要活得开心，不论自己的命运被谁掌控，都得努力迎接新的未来。

这种想法简直就和传统的励志小说里的主人公一样，真是个没有新意的想法。不过，这的确是我自己的心里话。

听说北山大厦的电梯可以俯视全城，而且还有个特别的名字——希望之窗。

为什么会叫这么个名字呢？因为只要透过电梯的玻璃向外看的话，就会有意想不到的美丽景色。那绝对是难得一见的美景。也有人说，这里能让你见到此生中最重要的人。

我对这个都市传说也有着小小的期待。缓了一阵，我慢慢睁开眼睛，看向电梯外的世界。星河烂漫，夜空点点。原来，这座钢筋水泥筑成的冰冷城市也有它温柔的一面。

真的很美，很美，让我的内心充满了前所未有的希望。不过，当我望向窗外时，瞥见了一名黑发女孩站在玻璃窗前面，忧伤地望向窗外的游乐场里缓慢旋转的摩天轮，似乎在思考着什么。

我通过玻璃的反射看见了女孩的眼睛，微微发红的眼睛里面泛着亮光，非常迷人。但又如同玫瑰一样，美丽中带着刺，总能在最不经意的时候伤害你。

因为那个女孩泛红的眼睛里流下了泪水，让那本来美丽的眼睛红得像宝石一样。

我呆呆地看着她，不禁在想：她为什么哭呢？

可惜的是，我既没有读心术，也不是心理专家，这个答案只有她自己知道了。反正能让一个女孩哭泣的原因太多了，比如失恋。

此时，她察觉到了我的存在，回头望向我。

"你的眼睛真美。"在她的注视下，我不禁脱口而出。我也不知道为什么会说这样的话。

她微微地张了张嘴，吐出了一句话，但是，声音实在太小了，我完全没有听见。

她大概说的是"谢谢夸奖"，又或者是"你客气了"。不过，这只是我的推测，因为这是常人本能的反应吧。

她看着我呆呆的表情笑了笑，尽管泪痕还没干。从这个角度看，她比刚才玻璃窗里反射的样子更加精致，我不禁有些看得痴了。那微微泛红的眼眸和醉人的微笑，实在是惹人爱怜的样子。

就这样，我和那个女孩对视着。

猛然间，电梯里面染上了粉红色的气息，好似玫瑰色的花瓣层层绽放。

"怦——怦——怦——"

毫无疑问，这是我的心跳，跳得很快却没有一点节奏。

我有些害羞地低下头，在心里抱怨自己："真是的，为什么一个路过的女孩都能让我心动。"

有这种感觉对我来说很不正常，因为我从不相信什么一见钟情。说实话，看别人一眼就喜欢上对方是非常愚蠢的，愚蠢得难以用语言形容，这只能说明你注重外表，且对内在毫不关心。

"叮——"

电梯的开门声传来，门逐渐打开了。这个声音将我拉回了现实当中。

不行，得赶快了。我没有再去注意那个女孩的表情，匆匆忙忙地跑出了电梯。

我尽自己最快的速度冲了过去，带着商业式的微笑和工作人员说明情况。可惜的是，工作人员摇摇头告诉我，面试官说自己累了，剩下的几个人他不想再面试了，而且已经招够人了。

果然，在如此激烈的竞争下，弱肉强食还真是一点都没错。万分苦恼的我只好走回电梯，或许是还想见那个女孩一面吧。

美丽的女孩总是能够安抚人们受伤的心灵，因为她们都是由一些美好的东西构成的，散发着糖果的香甜和芬芳的气息，总是能够给人们带来惊喜。

电梯门再次打开，里面已经空空如也，只剩下玻璃窗和外面美丽而繁华的城市夜景。

"果然这是不可能的，说是不相信一见钟情，却又想再次见到她，真是个不太实际的愿望。说到底，我只是一个喜欢欺骗自己的人啊。"我对着空无一人的电梯自嘲道。

毕竟只是茫茫人海中的一位过客而已。关于"能够见到此生最重要的人"这个都市传说，我并不相信，不过，现在我倒是希望它是真的。

据不完全统计，人的一生会遇到 8263560 人，会打招呼的是 39778 人，会和 3619 人熟悉，会和 275 人亲近……所以，我只能把这次相遇当成是一次美好的邂逅了，说实话，我不太愿意的，但是没办法。人总是要向前走，如果被过去的海市蜃楼侵蚀的话，人是不会前进的。

我总算是走出了北山大厦的门，无奈地摇摇头。

"最后，果然还是差了一步吗？"

于是，我顺着一条布满青苔的不知名的小路一直走了下去……虽然不知道名字，但是这就是回家的方向。

第二章 画展和"六十一秒"

想把世界送给你
xiang ba shi jie song gei ni

时间过得真快。当你还没完全睡醒的时候，新的一天就又开始了。

我们总是要把握住快节奏的生活，一旦把握不住，就很有可能会被别人远远地甩在后面。

我虽然喜欢平凡，但是我拒绝平庸。

每天都会有无数人带着希望融入快节奏的城市——绘制属于他们的宏伟蓝图，抑或是完成某些梦想，但每天也会有无数人离开这座冷漠生硬的由钢筋水泥筑成的钢铁森林——留下他们的足迹，或者是对自己前程的无奈叹息。

不管怎么说，这并不是结束，而是一个新的开始。

房间的窗帘被打开了，阳光照射到我的脸上，好刺眼。已经是早晨了吗？

我讨厌阳光，因为太过耀眼。在太阳面前，就连金子都失去了原有的光彩。

"你还不起床啊，跟死猪一样！"这个带着一丝抱怨的语气，是妹妹艾羽。

我从温暖的被窝里钻了出来，看着艾羽那一脸无奈的表情。她还穿着睡衣，大概也是刚起床吧。

"现在才几点啊！"我懒洋洋地说。

"你也不看看现在几点了，都快赶不上了！"

"赶不上什么？"我拿起手机，有些疑惑地看着她。

艾羽在我面前握紧了她的小拳头跺了跺脚，这个动作还真是可爱。我想看看时间，可惜的是手机没电了，或许是昨晚太累了，忘记充电就睡着了。

"你都忘了吗？明明答应过我的。"

我突然想起来了。在几个星期之前，我正在专心看书，艾羽说过段时间要带我去个地方。一开始我是拒绝的，因为小女孩去的地方我不合适。最后为了能够专心看书，就答应她了。我早就把这件事情忘记了，早知道就……

"是几周前，你说要带我去一个地方那件事吗？"我再次确认。

"对啊，现在都快 10 点了。"

完蛋了，我确实已经忘记了，而且还忘得一干二净。

"不好意思，我早就忘记了。我马上准备。"我不好意思地说，快速从床上爬了起来。

艾羽一脸嫌弃地看着这个脏乱差的房间，那件被水打湿的脏兮兮的西装还挂在衣架上。

"真是的，哥，你真是越来越邋遢了。"她不禁抱怨道，但还是把那件西装用袋子装好，又慢慢收拾我的房间。

"真是麻烦你了。"我更加内疚，毕竟我才是哥哥，更应该照顾妹妹。

"别说废话，还不去洗漱！看看你自己现在的样子，本就不是可以见人的样子。"艾羽一边说一边将我推到镜子前面。

镜子里我头发沾着泥土，脸上也是脏兮兮的。还真让艾羽说对了，这简直不是出去见人的样子。不过，为了报复艾羽的举动，我也指了指她那毛毛糙糙的头发，笑着说："我们彼此彼此吧。"

"你快去给我洗漱！我不用你操心！"

其实艾羽的睡相一直不太好，每天起床时，头发都是乱糟糟的，而且她还有一根怎么也梳不直的呆毛。但这样也挺可爱的，不是吗？

在艾羽的催促下，我乖乖地走进浴室洗澡，而她则回到自己的房间里收拾自己。

随着哗哗的流水，我想要通过热水洗去昨日的疲劳。不过，单凭这一点怎么能完全消除昨天的疲劳呢？那几个面试大概一个都没有通过，想到此不禁有些懊恼。幸好去面试的事情并没有告诉艾羽，我骗她说是出去约会。

作为哥哥，我不能将生活的压力分给艾羽，她还是个普普通通的高中生。不过，想想也觉得有些好笑，在两个月之前，我也是只是个普普通通的高中生。

被热水冲洗了一遍后，整个人似乎也精神了不少，我拿着毛巾擦拭着身体。虽然毛巾可以擦干肌肤表面的水珠，但永远也不可能擦干我内心的积水。

弄好之后，我穿上了最喜欢的黑色卫衣。果然比起西装来说，还是这样的穿衣风格更适合我。

其实，我喜欢黑色也是有原因的。不仅是因为它百搭，更是因为我喜欢戈雅的黑色油画。

（"黑色油画"现存于普拉多美术馆。它得名于自身的暗淡的色彩以及黑色的大量运用，构成了充满压抑的画面。它本是"Quinta del Sordo"聋子之家的室内点缀，最初是用油画染料涂在两个房间的墙上，后于1873年被转移到画布上。）

我对着镜子，将自己的嘴角向上推了推。但表情非常怪异，毕竟从心里实在笑不出来。

"太僵硬了吗？"我看着镜子里面强颜欢笑的自己，笑得很凄凉，好像即将要枯萎的花朵一样。

无论如何，也不能让艾羽看见自己现在这副样子。

在我们很小的时候，父母就先后离开了我们。母亲因为病重而去世，而父亲则是选择去追求属于自己的艺术。虽然他每个月都会寄来丰厚的生活费，但我仍然不想原谅这个不称职的父亲。这件事情大概发生在我六岁左右。之后，我和艾羽就没人照顾，只好去母亲小时候待过的孤儿院。这是多么讽刺的事情啊！不是孤儿却要在孤儿院度过一个没有父爱和母爱的童年，有父亲却没有亲情。

所以，我绝不能让艾羽看见我软弱的一面。或者说，我必须独当一面，因为我是艾羽的哥哥。

"你还没好吗？"门外传来了艾羽的催促声。

"来了，来了。"我带着微笑走出了浴室。

艾羽已经换好了衣服，她穿着一袭白色长裙，头发随意地披在肩上，斜斜的刘海刚好从眼皮上划过，长长的睫毛眨巴着，泛着水的眼睛仿佛在说话。我的妹妹真是很漂亮的女孩。

"衣服很漂亮，很衬你。"我忍不住夸奖。

艾羽的脸瞬间就红了，好像一颗苹果。"这是当然的。"她有些害羞，但难掩喜悦，就连头上的呆毛也跟着动了起来。

"你还真是不谦虚啊。一般来说，应该回'谢谢'，然后也夸夸对方的着装。"

"你……我要怎么夸你啊。哥，你似乎总穿这一套衣服，除了昨天去约会的时候。"艾羽瞪着眼睛，突然想起什么来，说："对了，和别人出去就能好好打扮一番，陪我出去你就这么敷衍啊。"

看着她生气的样子，我有点不知所措地说："好了，好了，我错了还不行吗？"

艾羽没有理我，而是转过头去生着闷气。果然，在这种时候不用那招是不行了。

"艾羽，今天的午饭由你来决定，我们在外面吃怎么样？"

对于这个妹妹，我可是相当了解。艾羽是个不折不扣的吃货，每天吃的东西是我的两倍，再加上，她对美食没有任何抵抗力。每次我用美食去哄她，她一定会"原谅"我，屡试不爽。不过她怎么吃都不发胖，这是多少女孩子梦寐以求的事情啊，真是让人"羡慕嫉妒恨"。

果然，艾羽听完后，转头看着我，仍然噘着嘴，勉强地说："那……那好吧，你快点啊。"

我指着那件微微沾了点泥土的西装，说："遵命，亲爱的妹妹。我顺便把那件衣服拿去洗衣店吧。"

一切准备妥当后，我和艾羽出了门。先将西服送去洗衣店，之后又到了一条商业街。

我这才发现今天商业街的人异常多，车辆竟然还限行了。我有些不解地问："怎么这么多人，你是来逛街的吗？"

"当然不是了。你昨天不是刚约了朋友，也应该逛够了吧。"艾羽揶揄道，"怎么？女方对你不满意？其实，我特别好奇你昨天怎么弄得那么脏啊。"

看着艾羽那揶揄的神情，我没有接话，而是拍了拍她的头，转移了话题："有机会的话我会告诉你，那今天咱们来是……"

艾羽卖着关子，说："知道前面为什么那么多人吗？"

我顺着艾羽手指的方向看了过去。放眼望去，人群聚集处有一个检票口，已经排起了一条长队。我正疑惑着，艾羽却从背包里面拿出了两张票，在我眼前甩了甩。

我笑着问："是有什么表演吗？"

"额……应该算是吧。"

艾羽有些敷衍的回答引起了我的警觉，我问："你是不是有什么事情瞒着我。"

她听我这么问，眼神里有一丝惊慌，语无伦次地说："没……怎么会呢，对吧。我……就是随便买的票。不对！这票不是我买的，是……是别人送的，不看就可惜了。"

我挑了挑眉，伸出手，说："把票给我看看。"

"算了吧，反正还有两个小时开场。"艾羽说完，嘟着嘴扭过头去。

果然，只要她露出这个表情，我就知道艾羽肯定有什么事情瞒着我。

"你不给我，我就不去了。"我板起脸说。其实我这么说只是为了吓吓她，既然已经陪她来了，就没有不去的道理。但我得弄清楚究竟是去干什么，免得被这个古灵精怪的妹妹坑了都不知道。

"行行行，给你总行了吧。"果然，艾羽被我一吓，就立刻投降，不过还是提出了条件，"但是，你得答应我，无论是什么，你都要陪我去看。"

"好吧，我答应你。"我有点无奈。

艾羽把票递过来，说："诺，给你。你可不许反悔！"

我接过票看了看，原来是两张观看现场作画的画展门票。这让我回忆起了那些不太好的往事。

美术，曾是我的梦想和追求，可现在的我早就放弃了它。尽管如此，我对美术本身并没有如同艾羽所想的那么抵触，毕竟，我还是喜欢看美的风景、美的事物，还有美的人。这些美全都被艺术家汇入到一幅画中，这样观者就可以通过画去感受很多很多美的东西。其实我也明白，艾羽这么做，是想让我重新拿起画笔，可惜这是不可能的事情。

我看着这张被藏着掖着的票，笑了笑，说："原来你就是带我来看这个，我就说，怎么这条商业街也会限制车辆行驶呢。"

艾羽看见我笑了也轻松了不少，说："啊，我怎么都没想到你会是这副表情，我还以为你会拒绝呢。"

"我呢，还是喜欢美好的事物的，不会因噎废食！或许绘画真的不适合我，毕竟……我并不是真正的天才……"我不禁有些感慨，不过我不太想让艾羽察觉到我的沮丧，转头问，"这种比赛，你能看得下去吗？对于没有美术基础的人来说，这种画展或许会很无聊。就算是我，也不大喜欢这类比赛。"

"行了，行了，我知道了，早就做好心理准备了。还有一些时间才开场，我们先去吃点东西吧！"艾羽指了指自己的肚子，可怜兮兮地说。

对了，我们还没吃早餐。我想了想，点头说："好吧，不过既然你骗我来看画展，那吃什么就由我来决定。我知道附近有一家很不错的店。"

艾羽自知理亏，点头应允。不过，话虽这么说，但我并不确定那间店还在不在。

在这条街的尽头，有一家咖啡店，是妈妈生前最喜欢的。记忆中，刚刚走到店铺附近，就有一股醇香的咖啡香气在空气中酝酿着。店门是推式的，门口挂着一对铃铛，门牌也是复古样式的。让咖啡店别有风情。

我还记得这家咖啡店有一个独特而风雅的名字，叫"六十一秒"，象征着不存在的时空。正是这个名字，吸引了相当一部分的客人前来光顾，我也不例外，第一次来这里便记住了这个特殊的名字。

"丁零零——"

我推开那扇许久都没有来的咖啡店大门，依旧伴随着风铃清脆的声音。说起来，我已有两年没来过了，上一次来还是来躲雨的。

果然没有消失，象征着我和母亲联系的咖啡店依然是记忆中的样子，让我心里产生一种奇怪的情绪。

我拉着艾羽走进咖啡店，一个女孩的声音传来："欢迎光临，希望你们在'六十一秒'能够得到不一样的体验。"

这个女孩有着乌黑亮丽的长发，服帖地披在双肩上，显出女性特有的柔美。那一对小酒窝，在微笑中若影若现。虽然化了点淡妆，但不难看出，即便是素颜，女孩依旧有着美丽的容貌和不俗的气质。

"好久不见，寒紫姐。"我有点不好意思，毕竟自己已经很久很久都没有再来光顾了。

果不其然，寒紫瞬间收起了商业式的客套，昂起头叉着腰，毫不客气地说："你多久没来过了！对了，今天有画展，你也参加了？"

我已经习惯了寒紫姐的脾气，连忙摆了摆手，说："怎么可能，寒紫姐你是知道的。"

寒紫笑了一下，走到艾羽面前打量道："艾羽妹妹，好久不见，你还没长大啊。"

"寒紫姐，我还在成长期。"艾羽的脸微微一红，撒着娇反驳，为了掩饰自己的不好意思，她环视着咖啡店，感慨道："真没想到，这里竟然是寒紫姐开的店啊，真好！"

"没想到，竟然被你这丫头小瞧了。"寒紫揶揄着，然后正色道，"不说笑了，你们准备吃点什么？"

我看着艾羽红得像柿子的脸，无奈地说："这种事情还是交给艾羽吧，我可不擅长。"

一说起艾羽，寒紫又开着玩笑说："艾羽，可要多吃点，不然长不大啊。"

"我都说了我还在成长期！寒紫姐你就别拿我取笑了。"

说实话，艾羽吃得怎么能算少啊，但我不敢实话实说，还是将这句话憋在心里比较好。

艾羽已经沉迷在菜单里了，在美食面前，她才懒得管我这个哥哥。我四顾环视，想看看哪里还有空桌。毕竟今天情况特殊，整条商业街都是人，"六十一秒"也不例外。我们的运气不太好，已经没有空桌了，只能看看是否有人愿意拼桌了。

我看到角落里坐着一个女孩，旁边摆着画架。她是来参加比赛的吧？毕竟这种比赛算不上正式，准备的画具可能会不太顺手，所以得自己带工具。

等等！她不是昨天我在电梯遇到的那个女孩吗？

我不禁叫出声："那个女孩是……"我不知道是想问寒紫，还是想问艾羽，甚至是想要问老天爷。缘分这种东西还真是奇妙。

虽然我还没有见过她的绘画，更不知道她的能力和天赋，但我相信一定不会差。因为她那宝石般的眼眸中有一种特别的气质，甚是优雅。

她可能察觉到有人失礼地望着自己，向我这边看了过来。我和她的视线在空中对上了……

突然，有人在背后拍了拍我的肩膀。我猛地反应过来，回头看去，原来是寒紫姐。

"你的熟人？"她问。

"不，我根本就不认识她，只是一面之缘而已。估计她应该不记得了。"

"啧啧啧——"寒紫咂着舌，脸上恨不得写着大大的八卦二字，她用手指着我，道："坦白说，是不是看上人家了？"

"寒紫姐，你快饶了我吧。这么大的人了，还这么不正经。"我连忙告饶，顺便还吐槽了一下。不过说心里话，哪个男人不喜欢漂亮的女孩呢？

她耸了耸肩，说："那有什么关系，保持一颗童心不好吗？"

我叹了口气，无奈地说："你还真是……小心嫁不出去。"

寒紫狠狠地踩了我一脚，道："这就不劳你费心了！"

艾羽总算点完了餐。我拉着她走向比较靠里的地方，这是我以前的习惯和喜好。刚刚找到座位坐好，那个女孩背着画架和绘画工具箱起身离开。我不禁好奇，这么重的东西，一个女孩子真的没事吗？

她走到寒紫面前，两个人交谈了几句，可距离太远我根本听不见，大概是结账吧。

突然，她扭过头来看了我一眼，或许也不是在看我。但我的心还是紧了一下，生怕是寒紫乱讲话唐突了对方。

艾羽注意到我的异常，便开始盘问："哥，你一直看什么呢？"

"哦……没事。我们先吃点东西吧。"我立刻转移了视线，为了掩饰尴尬，随手拿起了三明治就往嘴里塞，又端起咖啡喝了起来。

艾羽见我开吃，也立刻猛吃了起来，生怕我去抢她的一样。

美术吗？我早就不适合了，也已经死心了。但不知道是什么原因，看见那个女孩就产生一种奇特的感觉，很微妙，好像当初第一次接触美术时所产生的悸动。

这么想着，手中的咖啡仿佛有所感应，味道极为醇香，没有一点苦味。咖啡没有心情，有心情的是人。果然是出自寒紫之手，她煮的咖啡和以前一样特别。

不过买单的时候我的心情就没那么好了，艾羽果然是个吃货……

就在我们兄妹二人准备离开的时候，寒紫突然拉住了我。然后对艾羽说，有点事情要和我商量，让她稍等片刻。

我有些纳闷地问："怎么了，寒紫姐？"

一听到我发问，她露出狡黠的神情，说："刚才那个女孩没带钱包，我就算你账上了。"

原来如此，难怪之前她回过头来看我呢。我不禁又好气又好笑，说："寒紫姐，你还真是狡猾啊。"虽然嘴上这样说，但有哪个男人不愿意为漂亮的女孩结账呢？

寒紫很不满意我的反应，说："小子，别这么不解风情，我这是帮你啊。刚才，我指着你和那个女孩说，你主动提出帮她结账。"

"这算什么帮忙啊。"我禁不住想要扶额。

寒紫调侃道："哎……你果然不懂，女孩的自尊心就是这样的。"

我还没来得及再说什么，就听见艾羽在店外催促道："你们快点聊啊，快开场了。"

我对艾羽喊道："哦，我马上就来。"

"你快去吧，我给你加油。"说着，寒紫还做了个为我打气的动作。

"我走了，寒紫姐，再见！"我推开了店门，风铃依旧发出清脆的声音。果然，这里还是记忆中的"六十一秒"，总是会有不一样的体验。

"慢走啊。"

第三章　春天之梦

想把世界送给你
xiang ba shi jie song gei ni

我和艾羽总算是进入了画展的观赛厅，和人山人海的商业街相比，观赛厅里面的人很少，位置空了一半。果然，这种非正式又无聊的比赛，根本不会吸引多少人来。

"怎么只有这么少的人啊……"艾羽指着那一排排空荡荡的座位感慨着。

我叹了口气，说："很正常，没有人会花钱来看这些不成熟的作品。"

是啊，这样的局面实在是太正常不过了。这种既没有商业性，也没有名家参与，甚至是非常小众的绘画比赛，怎么可能引起大众的关注呢？

我和艾羽的票根上显示的是第二排的位置，除了第一排的评委，我们离参赛作品最近。如果是绘画名家之间的比赛，买到入场券都需要拼手速去抢，这么近的位置更是可遇不可求。不过，这只是个最普通的比赛，所以位置的可贵性就降低了许多。

在等待观众和评委落座的同时，参赛者们已经开始在台上做准备了。为作品完善草稿、预调颜料、构思作品、钉油画布……一样都不能少，这也是最基本的。

"艾羽，你有参赛者的名单吗？"我随口问道。

"有啊，我刚才在入场口拿了一份参赛选手的名单。"说着，她从背包里面拿出了一张选手名单递给我。

我接过参赛者名单，翻了翻。原来，有着两面之缘的女孩叫苏沐，参赛号码是4号。

等一下，我竟然在名单上看见了一个极其熟悉却有些不可思议的名字。竟然是她！她也来参加这种小型比赛吗？难道她现在连这种比赛都要凑热闹吗？

我的视线转向了9号，如果有她在的话，苏沐应该没有获胜的可能了。

很快，比赛正式开始。像这种小型的绘画比赛，都会让选手事先打好草稿，宣布开始之后直接上色。不过草稿只能是素描，这也是绘画中非常重要的基本功。

整个展厅陷入了安静，几乎没什么人说话。即便是要交谈，也是很小声、很简短的，毕竟创作需要安静。

我的视线始终盯着苏沐。开始已经有一段时间了，她依旧在调色，没有一丝一毫要动笔的意思。难道她不知道预先调色吗？她应该不会是第一次参加比赛吧。参加限时比赛，预先调色是必须的准备，否则时间很可能不够用。即便是预先调色了，颜料在这么短的时间内也根本干不了。这也是这种限时比赛非常不正规的一个原因，因为在颜料没干之前就判断作品的优劣，实在是太草率、太不专业了。

艾羽靠近我的耳朵轻声问："哥，那个9号，是不是白雪姐？"

我点了点头。

白雪是个油画天才，应该已经获得了去纸鸢学院学习的资格。纸鸢学院几乎是所有绘画学生的向往，那里简直是艺术的天堂。不过听闻这个学校非常严格，去年加上特招生一共只录取了三百余名学生，一年不到竟然淘汰了一半。

尽管是人人向往的学院，但不是任何人都能够获得资格，即便进去了，也未必准能毕业。

看着她调色板上的调色，白雪要画的应该是《呐喊》，应该不会错。

对《呐喊》的理解有很多种，因人而异。关于这幅画，我脑海中也有一番场景。

在某一天傍晚，"我"和几个朋友外出散步。太阳突然间下山了，在天边形成了夕阳。天空变成如血一般得红，红得令人感到不详。

灰蓝色的海峡和小镇上方荒凉的天空，让"我"仿佛看见了来自地狱的亮光，甚至听见了来自地狱的召唤。朋友都跟着亮光走了过去，最后只剩下"我"独自站在那条看不见头和尾的公路。"我"在不知所措的恐惧中开始瑟瑟发抖，似乎感到小镇中传来一声来自地狱的尖叫。

于是，"我"画下这幅画，这幅最能表达"我"内心感受的画，并且把天空中的云绘成像血一样红的颜色。

《呐喊》中的人物身形和脸好似骷髅一般，他用自己好似只剩骨头的双手捂住耳朵，站在一条看不见头和尾的路上，阴森又冷清。这个时候，他似乎受到了什么极大的惊吓，癫狂着，大声嘶吼着，仿佛自己已经深陷地狱。

爱德华·蒙克用鲜红、蔚蓝、浅绿、深绿、棕褐等色彩，再加上细细的线条，构成了鲜红的天空形象。这就像是一个完美的艺术品染上了肮脏的污渍，那污渍好像蠕动的虫子一般，恶心至极。但同时，那"污渍"也成为整部作品的点睛之笔。

这幅画给观者一种说不出的不安的感觉，让人心慌不已。这种不安感非常奇妙，就好像自己深陷地狱一般。这种景象只有在噩梦，甚至是只在地狱里才有机会看见，它象征着一个世纪的末期，又或者是一个时代的末日。同时，这就是画者那个时代的人们的心理以及感受。

白雪的临摹在这幅画上，和艺术大师蒙克所用的色彩和自然的色彩依旧保持着一定程度的联系。

那蔚蓝色的水，棕褐色的地，油绿的树以及血红的天空，都被白雪画得非常夸张，而且赋有一种很奇妙的表现性。同时，白雪的这种做法让这幅绝世佳作完全失去其色彩的真实性，反而让这幅画有了一丝童话的味道。

不过，这样的童话不美，这样的色彩表现总会让人浮想联翩，引出观者对未来的看法。

《呐喊》全画的色彩是阴郁的，那鲜血色的天空和悬浮在昏暗的地平线上空的云朵，给人不安甚至是厄运的预感以及浓重的世界末日的既视感。

油画上的海面阴暗处的紫色，因伸向深处而显得阴沉。同样的紫色，重复出现在站在那条不见头尾的公路的孤独者的衣服上，但是他的手和头还有身体却留在苍白、惨淡的棕灰色中。那条不知名的公路似乎通往了地狱。

这就是艺术大师蒙克一生的思想，同时也暗示着人类的去向。对所有的生理状态和生理情绪都做了充足的表达，例如：生、死、爱、焦虑、苦恼、彷徨、张狂等。

这幅画的色彩相当难把控，但是在白雪的手中显得游刃有余，没有任何一处失误。

白雪的作品可以用"天衣无缝"来形容，传说中天女的衣裳没有任何连接的缝隙，因为它存在的本身就是完美的，就和这幅没有任何瑕疵的画一样。

她真是了不起……短短几年就有了飞跃性的提升。在这种比赛中，临摹一些名作是有加分的，临摹得越像，分数也就越高。不少人已经发出了惊叹，就连评委都已经开始议论起白雪了。

果然，你还是你，依旧是那么出众。我在心里感慨着，然后把目光转回了4号。什么？她画的竟然是……

"这幅不是艾慕儿的作品吗？4号真能画好吗？"

"是啊，这幅画可是现代艺术大师艾慕儿的作品啊，她能画好吗？这幅画对色彩的把控比《呐喊》更难啊！"

已经有不少人在讨论苏沐了，他们都压抑不住自己的激动，本应该安静的比赛被搞得像展览会一样。

不过她真能画好吗？画好——妈妈的作品。

苏沐现在画的这幅画牵起了我的回忆。

在童年时，我们都觉得父母无所不能，就好像全知全能的神一样，总会习惯性的依赖父母、模仿父母。

那时的我对绘画有着极其浓厚的兴趣。有一天，我不小心闯进妈妈的画室，看着妈妈绘画的表情和动作，一瞬间就被吸引住了。妈妈的表情很开心，甚至一种无法用语言表达的喜悦感浮现在脸上。

"妈妈，妈妈，你教我画画好不好？"我用充满期待的眼神看着在画架前的妈妈。

妈妈轻轻地把画笔放了下来，问："为什么艾翼要妈妈教呢？"

"因为妈妈画画很厉害！"

妈妈将我抱了起来，为难地说："但是，妈妈现在没教过任何一个学生。要不……让黑子阿姨教你吧，爸爸画画也很厉害的。"

"不！不嘛！我就要你教。"我撒着娇。最终，妈妈耐不住我的软磨硬泡答应了。

于是，在我学会了绘画之后，就和妈妈就一起创作了一幅作品——《春天之梦》。

从那时起，我就将绘画当作毕生的梦想，而且我想要创作出一幅能感化别人心灵的，能让别人不再哭泣的，可以让所有人笑起来的作品。

不过，这样的作品怎么可能存在呢？就算存在，也不是凡人可以绘画出来的。想想看，自己果然还是太愚蠢了，竟然会有这种不切实际的想法。

我摇了摇头，将回忆赶出自己的脑海，不能发呆了。看比赛！看比赛！

这时，艾羽将头靠到了我的肩膀。我叹了口气，果然还是睡着了。真是的，尽管比赛很小众，但还是很精彩，艾羽竟然能睡着。不过，对于没有任何绘画基础的艾羽来说，这些都只是一幅幅画，仅此而已。但对于我来说，这是一次和画者灵魂沟通的机会。

不过，苏沐的《春天之梦》中出现了原画中没有的色彩，毫无疑问，这是要扣分的。不过，这种改动让我产生一种奇妙的感觉。那个色彩，在油画纸上绽放，如同花儿一般，带来春天的味道与梦想……我看到，苏沐的眼神中充满了自信！

原来是这样……不该有的色彩，原来是这个意思。看来这个叫苏沐的女孩不简单。

苏沐是想将自己的风格与写真油画融合在一起，但这种强行把两种完全不同风格的油画融合在一起，非常大胆，也极有难度。即便是顶尖的艺术大师，也要用很长的时间去尝试、去钻研。

这一幅苏沐创作的《春天之梦》在淡紫、微红、蓝灰和橙黄等颜色中散发出新的味道。

生机勃勃的森林深处，湖水映着橙黄色的霞光，波光粼粼，微风拂过莲花，那嫩嫩的花蕊轻轻地摆动，惹人喜爱，太阳在这些景物的衬托下冉冉升起。

湖水、天空、小船、房屋、石桥、莲花以及云朵在轻快的笔调中，交错渗透，浑然一体，难以分割。缺少哪一个，都不能完美地表达出那种意境，当然多了也不行。

近湖中的三只小船行驶在湖中，在森林的薄雾里渐渐变得模糊不清，在湖对面的树林的掩映下，玲珑小屋，青苔石桥，也都在晨曦中若隐若现……

这就是春天的生命力以及对未来、对生命的热爱。

《春天之梦》是妈妈的绝笔之作，是妈妈临终前的想法。她将内心深处对命运的不服、对生命的热爱以及对大自然的向往，全部融进这幅画中。

苏沐所画的这幅《春天之梦》，简直就像画家从一个窗口看见的景象，而且她是这么勇敢，用"零乱"的笔触来展示森林中的雾气交融。

虽然很漂亮，也很新颖，但在这种比赛中，很难得到高分。因为比赛的流程是评委先评分，然后让观众发言，最后进行投票选出获奖作品，并不是所有人都能体会出那种意境，也不是人人都能认可这种创新。

一千名观众眼中，就有一千个哈姆雷特，即便其中有些人会有些相似，但也绝不会完全一样。对于画作而言，同样适用。

这就是比赛的弊端。参赛者不是达·芬奇，很多评委并不会去看将名作创新的作品，这种做法反而是他们认定的无用且要扣分的行为。就好比，名人写错字就是通假字，而普通人写错字就要扣分。

而且苏沐的《春天之梦》和原作相比，没有一点春天的感觉，更像是夏秋交接的季节。不过她选的色彩很特别，很有味道……

经过一系列的流程，比赛总算是迎来了尾声。不出所料，三个评委不约而同地给白雪的作品亮了 10 分，也就是最高分。但苏沐总计获得 12 分，是全场中倒数第一。我觉得，这种评分非常不合理。

艾羽被场内的喧哗声给吵醒了，伸了伸懒腰。她迷迷糊糊地问："结束了吗？"

看到她的动作和神情，我笑了笑，说："快了。"

"啊，还没结束啊？那我再睡一会儿。"艾羽揉了揉自己的眼睛，又靠在我的肩膀上。

在台上，主持人拿着话筒说："这次比赛，不仅要听评委的意见，还要听听现场观众的意见，然后再以投票的形式选出优胜者。想要发言的朋友请站起来，随后会有工作人员将话筒递给你们。"

话音刚落，一位观众就迫不及待地站了起来，是一个微微发胖的中年男人。他接过话筒一本正经地说："在所有的参赛者中，我认为 9 号是最优秀的，不论是在色彩的处理上，还是临摹的相似度，相比 4 号那失败的临摹作品来说，简直云泥之别。不好意思，我这人就是说话有点直，希望 4 号不要介意。"

他这种做法还要别人别介意，真是可笑。否定画者的作品，就是对他最大的伤害，简直就像打了你一巴掌后再说不好意思一样。而且，他只看到了表面的东西，根本没有看懂苏沐的画。

看着苏沐低下去的头，我突然很想要帮助她。可是该怎么帮呢？难道也是靠发言吗？不行，不行，那对我来说太难为情了。

这时，又有一位观众站了起来，是一名年轻的女孩。她推了推自己的眼镜，说："我挺赞同刚才那位先生的说法，但我认为，7号的作品也很有特色，这种原创作品更有味道，有让人在银河中漫步的感觉。所以我觉得这幅作品不应该比9号差。而4号的作品就真有些奇怪了，因为《春天之梦》应该是充满活力的，但这幅作品完全没有这种感觉。"

她也是这么说？不过，关于她对7号作品的评价我倒是很认同。7号作品是一幅原创的星空图，月亮和星星交错着，显得月亮更明亮，一看就知道做了色彩处理，体现出月明星稀的景色。整体让人感到孤独，同时又有一种在银河漫步的神奇感受，似乎有种要将观者吸入画中的错觉。

大家都没有意识到吗？苏沐的作品根本就不是《春天之梦》，而是以《春天之梦》为蓝本的衍生作品。

苏沐依旧低着头，不过那滑落的泪却被我看见了。她果然很难过，这种比赛总是有很多弊端。

我咬咬牙，心里想着，还是帮帮她吧。我叫醒了还靠在我肩膀上睡觉的艾羽。

艾羽睁开睡眼惺忪的眼睛看着我，问："怎么，结束了吗？"

"马上就结束了！"

我下定了决心，猛地站了起来，所有人的目光都汇聚在我的身上。说实话，我很紧张。

我接过了主持人递过来的话筒，深吸了一口气，坚定地说："我认为4号的作品最具有艺术性。"

话语刚落，就有很多人露出嘲讽的神情，似乎认定我是个门外汉。苏沐猛地抬起头眼含泪水看着我，而白雪则是怒目瞪着我。白雪知道我已经放弃了绘画，现在却在现场帮别人说话，她一定很不高兴。

不过，这也是没办法，我不愿意让这样一幅很有创意的画作埋没，希望白雪能原谅我。

之前，那位微微发胖的中年男人不屑地大声说："小朋友，你懂什么叫艺术吗？"

我淡淡地说："请你等我把话说完再发言，这是对我最起码的尊重，谢谢。"

"切——"那个男人很不服气，撇过头去。

既然那个男人如此没有素质，我也就不再那么客气了。我说："之前两位观众的发言很有问题，就好像两个外行人一样，根本无法体会作品的魅力。我以为，他们不应该来这里发言，更不能来评论这些参赛者的作品。"

年轻的女孩和中年男人非常不满地瞪着我，双目冒火。

"难道你们都没有发现4号的作品根本就不是《春天之梦》吗？这幅画是以《春天之梦》为蓝本的作品，是衍生和分支，并不是所谓的临摹。若要我来取名，我会叫这幅画《夏秋之梦》，因为这种色彩处理恰恰是凸显出夏秋交替时节的美感。并且，这幅画的色彩和轮廓的处理非常好，有种朦胧之美。不论是小桥流水，还是木屋，都在太阳的光亮中表现得非常完美，就好像是画家打开了一扇窗，窗外就是这美丽的景色。所以我认为最好的就是4号的作品，当然，9号的也很完美，完美到可以以假乱真。7号的作品就有点不成熟了，如果把圆月变成弯月的话就能体现出一种凄凉的感觉，不过这样一来，色彩方面就得重新分配了。"

啪！啪！啪！

从一个角落传来掌声，是一个上了年纪的老爷爷。他摘下帽子，我这才看清，竟然是他！白一名先生，美术界的名人，而且还是妈妈早期的老师。

"你说得很好，如果你不站出来，我也打算要这么说的。"白一名露出了狡黠的眼神，说："我该怎么说呢？该说你的美术基础不错，还是你完美地继承了艾慕儿的天赋呢，艾翼？"

话音刚落，在座的观众都议论起来。

"艾翼，是那个艾翼吗？"

"错不了！艾慕儿的儿子，《春天之梦》的另一位作者，被誉为'神之手'的天才啊！"

"我已经好几年没有在比赛上见过他了！"

"怪不得他会力挺 4 号的作品呢。"

……

在众人的议论中，我有些无措，因为我不知道该怎么去面对。

美术毁了我的家、我的人生。在妈妈去世后，那个男人不负责任地选择抛弃我和艾羽，去追求他自己的艺术！所以，我被迫成长，必须去承担起抚养妹妹的重任，被迫成了没家的孩子……

正在我胡思乱想，不知所措的时候，手心里传来了一丝的暖流，原来是艾羽紧紧地握住了我的手。

我坐了下去，内心似乎安静了下来。

就在众人的议论、苏沐的诧异和白雪的愤怒中，比赛结束了。第一名依旧是完美临摹名画的白雪，但大胆创作的苏沐意外地赢得了第二名，而第三名就是 7 号参赛者，她叫白紫萱，是白一名的孙女。原来如此，所以白老先生才会来看这场比赛吧……

结果出来后，趁着大家还在颁奖，我迅速拉着艾羽离开了观赛厅。

艾羽看我低着头，小声地说："对不起。"

我摸了摸艾羽的头，说："你并没有做错什么，我们回去吧。"

她点了点头。就在我们准备离开时，有个女孩叫住了我。

我叹了口气，还是躲不开啊。应该是愤怒的白雪吧，刚才我出头为她的竞争对手说话，她一定会来找我麻烦，所以我才提前溜走。

不过，我回过头，看到的却是那双宝石般的眼睛。竟然是她？

她走到我身边，有些腼腆地问："你……为什么要帮我？"

"谈不上帮忙，那是凭借实力得到的。"

"我……总之，还是谢谢你，能不能给我一个联系方式，我想要单独谢谢你。因为……你今天帮了我两次。"

这就是桃花运吗？竟然被我撞上了？

但我不知道哪根神经搭错了，竟然说："算了，还是等下次有机会再说吧。有缘再见。"

啊！我为什么会说出这样的话？明明这是认识她最好的机会，难道还能在茫茫人海中和她再次相遇吗？艾翼，你究竟在想什么？

我脑海里翻江倒海地后悔着，苏沐却捂着嘴笑了，那宝石一般的眼眸依旧是那么迷人。

"没想到你是这样有趣的人，那有缘再见吧。"说完，苏沐转身离开。

她的影子被夕阳拉得很长，很长。

苏沐走得远了，艾羽笑着揶揄道："哥，你真是不诚恳，明明看了她那么久，竟然还拒绝了别人的好意。你可真是'有趣'啊！"

我无比懊恼，听了艾羽的话，突然反应过来，问："你……你都知道我在看她？"

"当然了，刚进'六十一秒'，你就一直在注意她。是不是以为我没注意啊？"她一脸得意地说。

"这都被你发现了。"

正说着，手机里收到了白雪的信息，只有短短的两个字：去死！

果然，她生气了。

看着已经落山的太阳，建筑物挡住了我的视线，天空中只能看见一丝丝残阳的余光。

这就是身处在苏沐的《夏秋之梦》里面的感觉了吧。

说实话，这样的天空，我不讨厌。

第四章　书屋和白雪

如果人的寿命一开始就被确定了，那该怎么做？

妈妈曾经这样问过我。现在我心里有了答案，既然无法改变所谓的开始，何不暂时忘记这个被确定的结局呢？有些人，光是活着，就已经拼尽了全力。

晚上，我点亮书桌上的台灯，在那微微泛黄的灯光下，我看着自己喜欢的书。为什么只开一盏台灯？我一向认为，看书的气氛比书里的内容更加重要，但我的心思根本没有放在书上。

在半小时前，收到了白雪的信息。

在她发了"去死"两个字之后，又发了一次信息给我，是纸鹞学院的特招生考试的相关信息。她说，她已经替我报名了。如果不出意外的话，她应该已经被录取了。

纸鹞是世界顶级的美术学院，在国际上也有着举足轻重的地位。并且，我的父母都是从这所学院毕业的，说实话，过去的我也有想要进这所学府学习的想法。直到那个男人的离开，我决定放弃美术。我害怕、痛恨着美术，但我也喜欢着美术。这种爱恨交织的感觉让我很不舒服。

我很喜欢一句话：这个世界上，就是存在那么多的不幸，某个人最想要的东西总是被别人占有，而那个东西对占有者来说一文不值，对某个人而言却是世界瑰宝。想要拥有的和能够拥有的，如果是一致的话，这也是一种奇迹。

才能、金钱、地位、名誉、容貌、希望、幸福、亲人、爱人、知己……这些都是人们想同时拥有的，正是因为这个世界不存在奇迹，所以才会有悲剧发生。

我漫无目的地翻着书。窗户没有关好，风把书的页数吹乱了。

"该死，我都忘记看到哪一页了。"我嘟囔着。

这就是看书者最大的不幸了。如果一页一页去找很有可能会翻过头，然后直接影响后面的观看感受。好像一开始就知道谁是凶手的推理漫画，一点悬念都没有了。

"算了，重新再看一遍吧。"

我重新翻开书的第一页，看着那些已经看过的剧情。

"说实话，还真是有些无趣呢。"

黑夜终究会过去，光明始终会到来。

今天的天蓝得透彻，秋日的阳光温暖和煦，总是让人感到一丝安宁。

我从床上爬起来，准备去厨房给艾羽做早餐，昨天真的是累了。

在做完早餐后，我收拾了一下房间，就拿起背包出门了。临走前，我还留了一张纸条给艾羽：如果起床很晚的话，记得把早餐热一热。

我没有做自己的早餐，是打算去找寒紫姐，顺便在那吃饭，主要是"六十一秒"离我要去的地方很近。不过，时间尚早，还是先去看看书吧。

我走进一条商业街，因为这条街紧邻当地的重点高中，所以有很多书店。每家书店都整整齐齐的，排排并列。唯独这家叫"书山"的书屋，比较特别，店门口摆放着很多纸箱，大概是装新书用的吧。不过不碍事，过一会儿就有环卫工人收走。

"书山"的招牌在阳光下若隐若现。这里并不是只售书的书店，付十元钱，就可以在里面随意浏览图书，而且有免费的柠檬水赠送。

我上高中时就在这里复习功课，是因为这里的图书品种相当齐全，环境也好。更重要的是，这家店的老板和我很熟悉，是妈妈的旧相识。

"好久不见，陈姨。"我走进了"书山"，向柜台前有些微微发胖的老板打了一声招呼。尽管她已经年近六十岁，但头发乌黑，看起来并不显老。

"这不是艾翼吗？好久不见了，你和艾羽过得还好吗？可想死你们了，一直都挂念着你们呢。"陈姨看到我，很激动地说，"我可是看着你们长大的啊，就连慕儿和黑子，都是我看着长大的。"

她原本是一家孤儿院的管理员，她提到的慕儿和黑子就是我的妈妈和阿姨。她们就是在孤儿院里长大的，是双胞胎，但她们的父母嫌弃是女孩，就遗弃在孤儿院的门口。妈妈过世后，原本一直是陈姨照顾我和艾羽。虽然黑子阿姨曾极力向法院申请成为我们的监护人，但还是把我们判给了那个男人。然后，他为了追求自己的艺术，干脆就把我和艾羽直接交给了陈姨。虽然他支付着高额的抚养费，我却感受不到一丝家的温暖。直到陈姨退休后，我和妹妹开始单独生活，虽然她还想继续抚养我们，但她的家人并不愿意。

"我们过得很好，您就放心吧。"我露出一个灿烂的微笑。尽管包含了太多、太多其他的感情。

"那就好，是来看书的吗？"陈姨热情地拉过我，看见我要交钱，她连忙说，"费用就算了，和陈姨还见外？"

"这样不太好吧……"我面露难色，觉得很不好意思。

"没事，没事，就当我请你了。赶快去看书吧。"

书屋里共有三十几排书架，各个类型的图书都整齐地码放着。墙上挂着几幅画，不过这些油画只是最寻常的装饰画，没有任何鉴赏价值，根本入不了我的眼睛。用通俗的语言来讲，就是没有灵魂。

我蹲下去在书架上来回寻找，心里说："那本书应该就在这附近啊。"

我要找的是东野圭吾的《解忧杂货店》，这是我在高中时最爱看的书，不知道读过多少遍了。

啊！找到了。我拿着书走到读书区，准备开始看书。

读者区有点类似于图书馆的自习室，但环境更好一些，更安静一些，况且，还有免费的柠檬水无限供应。对于学生而言，这是不可多得的好地方。

我随便找了个没人的地方，轻轻拉出凳子，就坐下看书了。

我沉浸在了作者虚拟出的繁华世界里，不可自拔。每一次阅读，我都看作是和作者灵魂的交流和碰撞。

时间一分一秒地过去……

回过神的时候，读书区已经没有几个人了。我伸了伸懒腰，拉伸一下已经有些酸痛的胳膊，转动了下脖子。看了看时间，已经快中午了，该去寒紫那边了。

坐在我对面的女孩猛地抬起头，我被吓了一跳："白雪？你怎么会在这里？不好意思啊，我没看到你……"

白雪撇了撇嘴，不以为然地说："每次都这样，遇到自己喜欢的东西就不会注意别的。"

被人这么当面吐槽，总会有些尴尬，我转移话题，问："对了，你来这里干什么啊？"

"来这里肯定是为了看书啊。"

她说得理直气壮，我却有些狐疑。据我了解，白雪最不喜欢看书了，最喜欢做的事情，自然就是绘画了。我不打算和她过多交流，站起身，说："那你慢慢看吧，我准备走了。"

白雪突然拉住了我的衣角。她的脸有些发红，眼神中似乎充满了期待："等等，我有事要说！"

我叹了口气，说："我就知道，说吧，有什么事情？如果是让我去纸鹞的话，就免谈吧。"

她的脸微微发红，非常可爱："不是那个，虽然我也很想和你谈谈，不过……对了，这几天有没有什么特别的事情？"

我想了想，这几天很平常啊，没有什么特别的事情。于是我笑着说："大概没有吧。"

刚一说完，白雪在我的手臂上狠狠一捏。紧接着，她重重地把椅子推了回去，低着头直冲冲地向外走。

我被她捏得很痛，却完全不知道哪里惹到她了。我在她身后问："难道我说错了，还是我哪里做错了？"

白雪完全不理会，头也不回地离开了。

我叹了口气，算了，还是去"六十一秒"吧。我将书放回书架，和陈姨道了别，也离开了书屋。

一路上，我一直在想，除了纸鹞学院以外，白雪究竟想说些什么呢？

究竟是我做错了什么，还是说错了什么吗？

真是搞不懂，果然应了那句话，女人心海底针，我摸不透啊……

和往常一样，"六十一秒"门口就飘散着浓郁的咖啡醇香，门前的风铃也时不时地响起，我推门走了进去。说实话，我都不知道是怎么走到"六十一秒"的，满脑子都在想着白雪奇怪的举动和莫名的怒火。

对了，我可以问问寒紫姐啊，毕竟她也是女孩，肯定更能了解女孩的心思吧。

就在这时，寒紫招呼完其他客人，走过来坐在我旁边。她一手撑着头，看着我问："艾翼，怎么了？我看你发呆有一会儿了，想什么呢？"

我看见她，一把抱住了寒紫，激动地说："寒紫姐，你告诉我女人心吧。"

寒紫姐轻轻地推开了我，用诧异的目光审视我，调侃说："艾翼，我俩可不合适哦，你看我都快二十六了……"

"寒紫姐，你说什么呢，别打趣我了，我是说白雪！不知道怎么了，她今天好像变了个人似的，我从没见她这么生气……"

还没说完，寒紫姐就敲了下我的头："这么说我怎么知道来龙去脉，把事情原原本本地说给我听。"

之后，我把事情说了一遍。原本以为寒紫姐能给我些意见，没想到她又狠狠地敲了一下我的脑袋。

她说："这件事情，只能你自己解决。"

我吃惊地说："我都不知道自己做错了什么，怎么解决？"

寒紫顿了顿，转身去操作台后拿出了一杯咖啡放到我面前，说："这是咖啡师特制的，它的名字叫'回忆'，你试试看。"

我叹了口气，说："寒紫姐，我不是来喝咖啡的。"

"别管那么多，试试看，试试找回自己的回忆！"寒紫姐故弄玄虚，之后又露出一副幸灾乐祸的表情，"谁让你忘了这么重要的日子呢。"

我端起咖啡，狠狠地喝了一大口。

刚一入口，甜与苦相互交织着，属于咖啡的醇香，在味蕾处绽放。非常美味，咖啡和牛奶恰到好处的搭配，掩盖了苦涩和酸味。

"回忆"吗？刚才寒紫姐说这杯咖啡叫"回忆"，难道是让我仔细想想，和白雪相关的回忆吗？

那是很遥远的事情了，在白雪的生日聚会上……

一个带着生日帽的小女孩幸福地看着眼前的蛋糕，她的父母和一个小男孩正在为她唱生日歌："祝你生日快乐，祝你生日快乐……"

小女孩是白雪，小男孩就是我。

白雪妈妈宠溺地看着女儿，说："吹蜡烛吧，白雪。"

白雪激动地点了点头，用力地呼出一大口气，蛋糕上的蜡烛被一一吹灭。

就在大家准备分蛋糕的时候，电话响了，白雪父亲跑去接电话："是这样……嗯嗯，我知道了……我马上赶过去！"

白雪的父母都是警察，父亲更是一名特警。能够给白雪庆祝生日已经非常难得了。母亲赶紧问："孩子他爸，怎么了？"

他焦急地去拿警服，说："局里面出事了，咱们得回去一趟。"

白雪母亲担忧地看了看女儿，担心地问："这样好吗？"

男人已经穿上了警服了，着急地说："来不及了，你也快点，回来之后再向她道歉吧。"

"那……好吧。"白雪母亲看着两个小孩满怀歉意地说，"白雪，我和你爸爸有事情要出去。艾翼，白雪就拜托你了。"

我懂事地点点头。白雪却眼含热泪，紧咬嘴唇，一副想哭，但不肯让眼泪掉下来的倔强模样。

"砰——"白雪父母匆匆忙忙地离开，随手将大门关上，发出了粗暴的声响。

白雪的眼泪静静地流了下来，在那个稚嫩的脸颊上留下两条晶莹的泪痕。

她抽泣着、哽咽着、抱怨着："他们又是这样！都不管我！"

小小的白雪赌气把生日帽摘下来扔掉，气冲冲地想要跑进自己的房间。就在她拉开门的瞬间，我拉住了她，安慰道："没关系，不是还有我吗？叔叔阿姨虽然忙了一点，但是他们绝对是爱你的。"

"但是……他们就是不陪我。"白雪还是很伤心。

我用手给她擦拭着眼泪，说："叔叔阿姨要工作，所以才不能陪你，不是不想陪你啊。何况他们走了，不是还有我吗？我保证，我会陪你过生日。不光是今天，以后你的生日我都陪你过。"

白雪破涕为笑，再次确认地问："真的？那你以后都要陪我过生日？"

我点点头，肯定地说："嗯，当然。我们拉钩钩。"

那是白雪和我儿时的约定，每一年过生日，我都要陪伴她。

我竟然会忘记这件事情。明明去年的此时，我还送她一条项链，今年我竟然完全忘记了。该怎么办？

烦乱中，我端起咖啡杯想要再喝一口，可是杯子已经空了。在不知不觉的回忆里，我竟然喝完了整杯"回忆"。

寒紫姐在一旁看到我神情的变化，问："想起来了？要不要再来一杯？"

我摇摇头，说："不用了，寒紫姐！我已经知道该怎么做了，果然寒紫姐的咖啡最棒了！"

"你少给我贫嘴，赶紧走吧！"她一边说一边对我摆摆手。

我拍着胸脯保证道："这绝对是我的心里话，我走了。"

虽然这么说，但我还是有些困惑，不知道该怎么做才能弥补。不管了，走一步，看一步吧。

我起身离开，走出"六十一秒"的时候，隐约中听见了寒紫姐这样说："总算是成熟了一点。"

我一个人走在街头，继续思考着白雪的事情。

到底该怎么办呢？直接去和白雪道歉，坦白地说忘记了她的生日吗？以白雪的性格，这样只会更糟糕……对了，去年她说想去游乐场，如果我带她去游乐场玩，应该是个好主意……

突然，我被一阵浓郁麦香吸引了。这股麦香很特别，有别于其他夹杂了很多香料成分的麦香。我顺着香气走了过去，原来是从一家叫"奇遇"的蛋糕店里散发出来的。刚好，既然打算去给白雪过生日，订做个蛋糕会更能让她开心。我记得白雪喜欢千层蛋糕，不喜欢杧果口味。

我轻轻推开了蛋糕店的门，麦香味愈发浓厚，让我食欲大开。走进去后，看见一个女孩坐在柜台前拿着钢笔写着什么。女孩旁边摆放着成堆的A4纸，写得非常投入，甚至连我走了进来都没有注意到。

我反而有些不好意思，觉得打扰到她："不好意思，我想要订一个生日蛋糕。"

女孩突然听到有人，被吓了一跳。她猛地抬起了头，没想到，那宝石般的眼睛映入我的眼帘。

"是你？"我吃了一惊，她也瞪大了眼睛，露出难以置信的表情。缘分真是奇妙的东西，不过这也太巧了吧，竟然在很短的时间内碰到四次。想到那一天，因为紧张竟然拒绝了交换联系方式，回到家里懊悔不已，我在心里暗暗下了决心，这一次绝对不能再发生这样的事情！

苏沐恢复了平静，笑着说："是你啊，我们还真是有缘，艾翼先生。你想预订什么类型的生日蛋糕呢？送给对方是否要在蛋糕上写字呢？如果还没有决定好的话，我可以为你推荐一下。"

面对这一连串的问题，我深吸了一口气，这次不可以再紧张了，至少也要给她留下好印象。我说："我想要一个千层蛋糕，不过里面不能放杧果。"

苏沐拿出了一张海报，上面的蛋糕照片非常诱人。她指着其中一款介绍说："嗯！这样的话，我比较推荐巧克力千层，这一款销量很好，味道也很不错。"

"那……那就这个吧。"其实我并不喜欢吃蛋糕，觉得太过甜腻，实在不对我的胃口。这次买蛋糕也只是为了给白雪过生日。

随后，苏沐递过来一张纸，说："订做生日蛋糕的话，可以把对方的名字和祝福写下来，七天后就可以来拿了。"

我有些震惊地说："七天？这么久，会来不及的。"

我完全没想到，这家店订做蛋糕要这么久。普通的蛋糕店一般是第二天就可以取了，有些蛋糕店还可以当天取货啊。

"是这样的，我们的蛋糕店所采用的原材料比较特殊，都是店长亲手制作，要配合店长的时间。不过没关系，我和店长是熟人，两天就可以，也好谢谢你之前帮助我的两次。"苏沐说完便笑了，嘴角弯成了月牙的弧度，我心里小鹿乱撞，不敢再看。

"那……真是谢谢你了。"我接过了她递过来的笔，在纸上写下"白雪"两个字。

祝福应该写什么呢？如果写不好一定会被她骂……哦，我想到了：愿你手中的画笔，可以一直挥舞下去……等等，这样会不会太单调了，再加一句：一直挥舞到我看不见为止。

"写好了吗？"

我点点头，将纸递回给苏沐。她接过纸的时候，表情有些不自然，说："可以了，后天就能过来取，我尽量让店长稍微快一点。"

"好的，那真是麻烦你了。对了，这边还有现成的蛋糕吗？"艾羽也很喜欢吃蛋糕，我可以顺便买一些带回去。

拿着蛋糕回家的时候，刚一进门，就看见艾羽瘫在沙发上。她抱怨地说："哥，你回来得可真早！"

"抱歉，有点事情。"被妹妹一说，我还真是觉得我这个做哥哥的真是失职。

"又出去陪女孩子约会了？"

上次去面试的时候，骗艾羽说自己是和女孩子约会，谁知道又被她误会了。早知如此，当初还不如坦白讲是去面试的呢。不过我也知道，如果我坦白说想要找工作，她多半会反对。

我只好狡辩道："哪……哪有。"

"你，明明就……"本想说教我一番的艾羽看见我手里的蛋糕，眼睛突然亮了起来，"快给我。"

　　艾羽的动作飞快，如饿虎扑食一般冲了过来，一把抢过蛋糕，坐在沙发上大吃特吃。

　　"你慢点吃，没人和你抢。"我忍不住吐槽。

　　此时，蛋糕塞满了她的嘴，含糊不清地问："要留点给你吗？"

　　"不……不用了，你悠着点，别噎着。"说实话，看见她这种吃相，谁敢和她抢啊。看样子，艾羽很喜欢这款蛋糕，只是她什么时候能注意一下吃相呢？好歹也是个女孩子啊……

　　正在胡思乱想的时候，我的手机响了起来。

　　究竟会是谁呢？

第五章　工作，顺利？

我接通了电话，那边传来了一个女人的声音："艾翼先生，你好，你已经被我们出版社录用了。请你下午抽空过来一下，办理报到手续。是否有问题呢？"

"没有，没有，"我连忙说，"谢谢您。"

"不用客气，下午见。"她没有再多说什么，就挂断了电话。此人很干练，没有任何一句废话。我很意外自己能够通过面试，不过，这件事情还不能告诉妹妹，她不同意我去工作，可我更不想一直靠那个男人养活我们。

我对还在吃着蛋糕的艾羽说："下午我有事情得出去，可能得晚点回来。"

她停下了正在猛吃的蛋糕，大声反对道："你又要出去啊，就不能陪我出去玩吗？"

若是平时的话，我肯定会答应妹妹的请求，这一次我却不能如她所愿。我拿出"杀手锏"哄她，说："对不起啊，今天真的有事情。这样吧，晚上回来的时候，给你带好吃的，你看怎么样？"

她嘟起嘴巴，很不情愿地说："那……好吧。"

我松了口气，果然用美食来哄她是最简单有效的方法。我点开手机看出版社的地址，竟然是北山大厦。心里不禁有些疑惑，明明当时面试的时候我都没有见到面试官，怎么就被录取了呢？会不会是工作人员弄错了？既然别人打电话过来了那就去看看吧，好歹也是一个机会。

稍微休息了一下，吃了点饭，我收拾好东西出门，搭乘地铁赶去北山大厦。当我走进大厦门口的时候，比约定的时间提早了二十分钟。对于职场新人而言，迟到是大忌，提前总不会出错。

前台的文员很礼貌地招呼我："你好，先生。有什么可以帮助你的吗？"

"不好意思。我……"我有点尴尬，不知道该怎么说明情况，于是拿出手机，找出了那条短信给她看。

她点了点头，说："先生，请往这边来。"

于是，我怀着忐忑的心情跟着她走到主编室门口。她指了指里面，说："先生，就是这里了。"

"谢谢你。"

"不客气。"她笑了一下，离开了。

我深吸了一口气，敲了敲门。

"进来吧。"一个成熟老练的女性的声音传了出来。

我推开门，走了进去。办公室里坐着两位女性，那位年长的应该就是主编，而另一位是苏沐！她怎么会在这里，怎么会有这么巧的事？

难道是月老在给我牵红线？

观察了一下，才发现她应该是来投稿的。不过，能够被主编亲自接见的，应该是比较资深的作者了，又或许是这本书太过优秀。无论是哪一个理由，都足以说明苏沐的优秀。这么优秀的女孩真是难得，不论是美术，还是文学，都拥有令人羡慕的天赋。

"过来坐吧。"主编笑着向我招招手，示意我过去。

我紧张地坐到沙发上，随后主编递给我一杯水。为了表示礼貌，我轻轻抿了一口。

"我来介绍一下，"主编对苏沐说，"这位就是负责你的新人编辑，艾翼……"

我放下了杯子，有些不好意思地打断她："那个……主编，我连面试都没参加，你们是不是弄错了？"

主编愣了一下，然后笑了出来："夏弥给你打电话的时候没说清楚吗？其实是这样的，这是所有人的面试内容，其他人听到已经招够人的时候都抱怨连连，但你不一样，所以你通过了面试。"

"哦，原来是这样。"我恍然大悟，还真是与众不同的面试。幸好平时我经常被艾羽折磨，早就练就出忍耐力，否则我肯定也和他们一样。

"你们两个先认识一下吧。"主编看着我和苏沐，示意道。

"我们已经是熟人了，对吧？"苏沐含笑看着我。

突然间被她们注视，我有点不知所措，这种感觉很微妙，都不知道眼睛该看向谁。我胡乱应承着："嗯……算是吧。"

主编更高兴了，说："那就更好了。苏沐，你和他好好聊聊吧。他是新人，有不懂的东西你多教教他。"

"没问题。"苏沐点头答应。

之后，我跟着她走出了总编办公室。在外面的走廊上，我不禁称赞道："没想到，你不只是美术那么优秀，在文学方面也这么有天赋。"

苏沐笑了，说："我不是天才，只是在两者之间慢慢尝试罢了。我的父亲是一名作家，母亲是一名画家。而我自幼学习这些，对它们都很感兴趣，只有不断尝试，才能找到最适合自己的人生轨迹。"

"那，我觉得你应该……"我本来想说她应该选择文学，但我不该将自己的想法强加给别人，毕竟我没有权利决定她的想法和人生。

"什么？"苏沐有些疑惑地看着我。

"没什么。我的工作流程大概是怎样的呢？对了，两天后我想请个假，刚被录用的非正式工贸然请假是不是不太好啊？"说完之后，我发现自己真不太会说话，恨不得扇自己一巴掌。

苏沐环顾四周，确定没人才小声说："确实不太合适。不过没关系，我和主编交情不错，可以准你假，去为白雪庆祝生日。不过，千万别让其他人知道啊！"

"那还真是谢谢你了。你也认识她吗？"我有些好奇，苏沐和白雪毕竟在同一次绘画比赛中交过手，但私下是否认识，我还真不清楚。

她点点头，说："算认识吧，她是我母亲的学生，可比我优秀多了。"

我听了之后好奇地问："那你母亲是……"

但苏沐并没有回答，而是转移话题，说："我还是赶紧和你说说工作流程吧，你毕竟是个新人啊。"

我点了点头。虽然不知道苏沐为什么要回避这个话题，既然她不愿意说，我肯定不会再追问下去，毕竟我们只是有数面之交的陌生人，还不能算是朋友呢。不过，白雪的现任老师我倒很想认识一下，之前白雪也是我妈妈的学生，只不过那是在她生前了……

"其实你要做的事情很简单，按时去我那边取稿子，修改错别字。如果有语病，或者是你认为需要修改的地方，必须告诉我，我再来决定到底改不改。"

"哦，那我什么时候去你那里拿稿子？"我反应过来，连忙拿出随身携带的纸笔，准备记录。

"周三，或是周五，这个主要由我定。我们先交换一下电话号码吧，对了，电话号就是微信，你也加一下，方便我们以后交流。"

"哦，哦。"我连忙掏出手机。

感谢上苍，在一番波折之后，我终于成功要到了她的电话。

之后，苏沐带着我在出版社逛了一圈，熟悉环境。出版社位于北山大厦三层，分为 A、B 两个编辑部，我属于 B 编辑部。在苏沐的介绍下，我认识了 B 编辑部的同事。

一个体形高大的男人热情地搂住了我的肩膀，说："今天你初来乍到，晚上我请客，咱们聚一聚，欢迎艾翼加入我们这个大家庭。"

苏沐介绍过，他是 B 编辑部的老大哥，大家都叫他山哥。

"我就不去了，没啥意思。"一个有点贼眉鼠眼的人泼了冷水。苏沐说他叫坤鹏，而且偷偷提醒我，不要有过多接触。因为他在这个编辑部里最招人讨厌，而且善于笑里藏刀，让我多加留心。

"你可真是扫兴，我们都去。"有两个女孩连忙站出来说。站在左边有些胖胖的小姑娘叫妍妍，是个可爱却有些大众的女孩。而另一个姑娘在外表上极为出众，她长发披肩，气质优雅，名字更是充满诗意，叫夏弥。

"苏沐，你去吗？"山哥问道。

说实话，苏沐的回答吊足了我的胃口。尽管美丽的夏弥已经说了要出席，但实际上我更期待苏沐能够参加，这样我就可以多和她接触了。

可惜的是，苏沐推辞道："我就不去了，晚上我还得赶稿呢。"

"那好吧。"山哥表示理解。可说真的，我心里有些失落。

很快，我就打起精神，又开始担心独自在家的艾羽。不知道她会不会自己做饭呢？以我对她的了解，只要我不在家，她肯定点外卖，绝对不可能自己做饭的。

在短暂的交流之后，我开始投入到工作当中。这是我的第一份工作，必须认真对待。

时间过得很快，天色暗下来的时候，山哥张罗着大家下班，部门聚会。

我们去了一家火锅店，里面环境简洁干净，顾客倒是不少。毕竟在秋天这种季节里，火锅才是最温暖人心的。

"每次都是那个人毁了我们的气氛，真是讨厌。"妍妍坐在了凳子上抱怨道。

"好了好了，别让他影响我们聚会的心情，来，让我们为艾翼的到来，干杯！"作为部门老大哥，山哥连忙招呼着。

"干杯！"大家都兴高采烈地举起了酒杯，在空中发出了干脆的玻璃碰撞的声音。虽然我不太喜欢这种声音，也不喜欢喝酒，但在气氛的渲染下，我也感觉到了久违的融入集体的喜悦。

突然，我的手机响了起来，其他人都向我这边看过来。

"不好意思啊，我接个电话。"我露出歉意的笑容，以为是艾羽打过来的，但屏幕里面显示的是一个陌生号码。我有些纳闷，平时几乎没什么陌生号码打给我啊。

"怎么了，不接吗？"妍妍有些奇怪地问。

"不是，是一个陌生号码，我不认识。"我将手机展示给她看。

山哥走过来，看了看，说："呵呵，这是坤鹏的号码。"

夏弥冷笑着说："开免提。"

我知道他们都不喜欢坤鹏，苏沐的警告也记在心里。于是，我按照夏弥说的做，接通了电话并按下免提。

"喂，是小艾吗？我是编辑室的坤鹏啊。"坤鹏的声音在饭馆里响了起来。

"坤鹏哥啊，找我有什么事情吗？"我连忙应承。

"有啊，你现在有时间吗？"

我看了看山哥他们，那几个人都冲我摇头。我明白了，说："那个……坤鹏哥啊，我恐怕没有时间。"

"小艾啊，你这不是刚来出版社吗？现在还在试用期，我可不想让新编辑过不了试用期啊……"

他这样说，意思已经非常明白了，我只好说："这……好吧，坤鹏哥你有什么事？"

坤鹏嘿嘿一笑，说："我的电脑桌上有一份资料，你今天帮我整理好，就这样吧。"

他说完后，就直接把电话挂了，既没有说那份资料的具体内容，也没有说如何整理。

"坤鹏真够可以的！"山哥非常生气，把酒杯重重地放在桌子上，发出了"砰"的一声，引来了周围人好奇的注视。

夏弥看着我，问："小艾，你真要回去替坤鹏完成工作啊？"

我无奈地说："没办法，谁让我是新人呢。先走了，你们玩得开心点。"

决定找工作之前，我就做好了心理准备，既然是新人，自然会受些委屈。也是，忍一忍也就过去了，对于我的遭遇来说，这都是小问题。

山哥拿过两个装满酒的酒杯，拍了拍我的肩膀，说："喝完再去，就算是参加了部门聚会，也算是我们欢迎你到来。"

我接过杯酒一饮而尽，说："山哥，那我先走了。"

"注意安全啊。"山哥叮嘱道。

走出火锅店，我叹了一口气，将手塞进衣袖里面，沿着街道向北山大厦走去。不同的是，因为已经是下班高峰，大多数人都是从北山大厦出来，奔向四面八方，而我却成了人流中的"逆行者"。

但我觉得自己并不算特别。现在我也勉强算是一名上班族了，和马路上的人们一样，有着自己的方向和未来，只有努力才能走到终点。所以我要好好努力，活在当下。

总算是回到了编辑部，开了灯，一眼就看到坤鹏的电脑上有成堆的资料。我没想到会有这么多资料，如果得把这些全部整理完，恐怕要花很长时间啊。

我想了想，还是发个信息给艾羽吧，今晚恐怕是回不去了。于是，我在手机上写道："记得早点睡觉，今晚我就不回去了。"

艾羽很快便回复："有了女人，连妹妹都不要了啊。"

幸好我还没有将出来工作的事情告诉她，要不然还真得担心她会不会直接"杀"到北山大厦来。不再理会这些事情，还是抓紧时间整理资料吧。

不由得轻叹了一声，叹息又变成了敲键盘的声音，但每一下都似乎很沉重。没办法，我们都是世界的提线木偶，总会不由自主地被牵着走。不过我仍然相信，残忍的现实是会给我们惊喜，比如认识苏沐，比如认识山哥那些有趣的同事。

夜，已经越来越深了，敲击键盘的声音一直都没停下过……

阳光照射进出版社的窗户，也照到了我的脸上。我缓缓地睁开了眼睛，被阳光一刺，竟然有些恍惚。对了，我昨天晚上被坤鹏叫到办公室帮他整理资料，还剩下一点就要完成了，竟然不知不觉地睡着了……

这是我第一次在办公室醒来，还真是有点奇怪。没有艾羽的喋喋不休，还真是缺少了点什么似的。我非常讨厌熬夜，因为每次熬夜之后，都会很不舒服。但又有什么办法呢？我早就明白：这个世界本就是不公平的，公平是留给强者的。为了成为强者，我们必须克服很多困难，这些困难会让你更坚强、更强大……所以一定要坚持。

就比如说，像我这种新来的员工，多少都会被前辈打磨，忍一忍就过去了。如果这都无法忍受，那怎么能融入社会、成为职场人呢？

不能再想了，我抬起头活动了一下脖子。因为熬夜，头有些晕眩，也不太清醒，这就是缺觉的典型症状。

起身的时候，我发现身上披着一件并不属于我的衣服。衣服很香，是一件女式外套，是谁帮我披上的？我脑袋里冒出了一个极其希望的名字，但还没有深想，突然又记起，坤鹏交代的资料我似乎还没有整理完，就睡着了。我叹了口气，必须得抓紧时间了，不然被坤鹏找麻烦就惨了。

我连忙找到 U 盘，插入电脑的主机上。令人惊奇的是，原本还差一点就完成的材料竟然完好地存在里面。我更加惊奇，是谁帮我把最后一点工作完成的？

这时，坤鹏快步走进来，问："艾翼，你弄好没有？"

昨天打电话交代事情的时候叫我小艾，今天询问的时候又叫我艾翼。我没有计较，将 U 盘拔下来，递给他，说："嗯，弄好了。"

他一下子就拉住了我的手，激动地说："哎呀，小艾，真是太谢谢你了，改天我请你吃饭。"

我有些不知所措，这种堪称变脸的速度着实超乎了我的想象。

看我没有接话，他拍着我的肩膀，说："放心吧，以后有什么好处，我肯定第一时间想到你。"

"那真是……谢谢坤鹏哥了。"我露出了尴尬的笑容，笑容背后隐藏了多少无奈。我当然知道这不过是些华而不实的场面话，但也不能免俗地说着。

"我先去见主编。辛苦你了，晚上请你吃饭。"说完，坤鹏又快步走出了编辑部。

辛苦一宿，换来一顿饭吗？算了，总比没有好。我在心里安慰自己。顺手将衣服放在一旁，又觉得好奇，是谁这么早就来出版社，又替我完成了收尾工作？

正当我还想着衣服的主人，想着怎么去谢谢对方时，苏沐走进了编辑室，

"早啊，苏沐。"我以为她刚来，便主动打了招呼。

没想到，苏沐的脸微微发红，有些害羞又有些不满地说："你可欠了我一个大人情，刚才我来找总编谈点事，就看你趴在电脑桌上睡着了，怕你生病，才帮你披上衣服。把它还给我吧，我要回家写稿去了！"

这句话如同丘比特之箭射中了我的心，正是因为这句话，我失去的颜色终于开始填涂了。

"原来……是你啊……那真是谢谢你了。"我有些语无伦次，连忙把仍然散发着香气的衣服递了过去。

苏沐接过衣服后，说："没事，举手之劳，我可不想负责我图书的编辑病倒了。"

我当然知道苏沐"强词夺理"背后的关怀和女孩的矜持，于是笑了笑，不再多说什么。掏出手机一看，不禁脸色一变。手机上显示着数十条未接电话和微信，是艾羽发来的，但昨天晚上我直接静音了，根本没注意到。

苏沐不禁问："怎么了？"

"没什么，我妹妹给我打了一晚上的电话，我先失陪了。"

"嗯，去吧。我也得走了。"

我拿着手机走出了办公室，找到一个安静的地方，拨通了电话。

果然，刚一接通，艾羽劈头盖脸就是一顿训斥："说！昨晚为什么不回来？你知道我有多担心你吗？一条信息就不回来，你到底是什么意思啊！"不难听出来，艾羽是真着急了。

听她发完火，我才开始解释说："艾羽，我也有自己的事情要做啊。"

"和女孩子约会就是正事啊，就把妹妹扔到脑后去了？"

"算了，有机会再和你说吧。这次哥哥对不住你了，你就先点外卖吃。有机会我第一时间补偿你，这总行了吧。"我还是没有告诉她我找到工作的事情，先瞒着她再说吧。

"那……我就勉强信你一次。今天可记得回家啊！"艾羽叹了口气，嘱咐道。

总算都解决了，接下来就开始努力工作吧。因为昨天熬夜的缘故，还是先喝一杯咖啡吧……虽然我已经习惯了"六十一秒"里的现磨咖啡，但现在觉得，只要是能提神的咖啡就行了。

第六章 出 行

想把世界送给你
xiang ba shi jie song gei ni

一杯香醇的咖啡进入腹中，脑袋似乎也清醒了些。我坐在办公桌前，开始整理起苏沐的纸稿。不过最令我感到奇怪的是，明明电脑、网络都已经如此普及了，苏沐为什么还坚持用钢笔、稿纸来进行创作，既不方便保存，也不方便修改，这不是给自己找麻烦吗？

　　作为她的编辑，由于使用纸稿，导致我的工作量大增，而且昨天晚上熬夜对着电脑，现在我一看到文字便困倦不已。值得庆幸的是，苏沐的字迹工整、漂亮，我耐着性子看了下去。

　　得知我是苏沐的专属编辑之后，我专门在网络上搜索了一下她的作品，在市面上销量不错，口碑甚好。她一直都是讲述那些比较接地气的故事，这一次的《金色季节》也不例外。

　　男主角一直热爱绘画，正因为这个爱好，身边聚集了一群兴趣相同的伙伴，他们相互交流，携手成长，但抵挡不住命运的洪流，最后终将分离……

　　虽然结局是个悲剧，但还有很多地方没有讲完，充满了想象的余地，留有续作的空间。

　　书的开头就有这样一句话："我们站在同一条十字路口，却走向不一样的结局。"

　　是的，其实最重要的不是结局，而是过程。这句话让我产生了深刻的共鸣，一下子便沉浸去了。原本疲惫不堪的我看着这似有魔力的故事，立刻也清醒了不少……

　　不知过了多久，突然，我的手机响了起来，是苏沐发来的信息："能不能过来一下，帮我一个忙，顺便把明天的稿子拿走。对了，你明天不是要去给白雪庆祝生日吗？”

"是啊，那我过去拿一下。你把你的地址发给我吧。"

我站了起来，收拾东西，准备离开编辑室。

"小艾去哪啊？"山哥在后面拍了一下我的肩膀，吓了我一跳。

"那个……苏沐让我去她那边取一下稿子。"我笑着回复。

"哦，这样啊，那你赶快去吧。"说完，又顺手递给我一瓶矿泉水，"路上注意安全。"

我接过了矿泉水，说："知道了，我很快就回来。"

"看来你们关系处得不错啊。"山哥调侃道。

"别开玩笑了，我先走了。水，就先谢谢你了。"我也打着哈哈，拿着水和随身物品走出编辑部。

苏沐已经将地址发到我的手机上，距离不算太远。因为实在太累了，这一路上，我都是浑浑噩噩的，感觉随时都会睡着。

很快，我便按照地址找到了苏沐的家，轻轻地敲了敲门，道："苏沐，是我，艾翼。你在家吗？"

门打开了，苏沐穿着一件休闲的白色衬衫，一条休闲家居裤，显得非常可爱，那宝石般的眼眸始终是那么美丽。她招呼我进门，落座，很自然。倒是我，第一次进入异性家里，有些无措。

"你随便点，不用这么拘谨。"她笑着说。

我还是不太习惯，但也好了很多，问："稿子呢？"

"不着急，你先帮我一个忙。"

"什么事？"我有些担心，毕竟看纸稿已经增加了很多工作，现在又要帮忙，不知道自己能不能应付啊。

"当然是油画了。"苏沐自然地说。

听到"油画"二字，我条件反射般地说："对不起，我帮不了你。"

"为什么？"她对我的反应感到奇怪，盯着我的眼睛问。

"没有为什么，稿子给我吧。"我非常明确地拒绝了，并做出伸手索要稿子的动作。

"不给，除非你帮我看看这幅油画。这可是我去参加纸鹞入学考试的作品啊，帮帮忙好吗？"她带着请求的语气向我说，还带着一点女性特有的撒娇的意味，我最受不了这个。

纸鹞学院？这绝非寻常人就可以去深造的学院，难道她有十足的把握吗？像白雪那样？我心里有很多疑问，但最终我只是认真地问："你已经选择了美术吗？"

我记得，她曾经说过，父母分别是小说家和画家，想在这两条路上都尝试一下，看看哪一方面她更有天赋。果然，她点了点头，说："嗯，下次来拿稿件，就应该就是最终章了。我要准备去纸鹞学院的考试了。"

我有些遗憾，《金色季节》还可以有很大的挖掘空间，这样提前完结了吗？不过我也有些期待，能够早看到故事的最终结局。我叹了口气，道："那……好吧，下不为例。"

"谢谢！不过或许没有下一次了。"苏沐又变得开心起来，她飞快地从房间里面拿出一幅油画，立在我面前说，"交给你了，帮我看看吧。"

油画还很新，应该是刚刚完成没有多久。整幅画颜色干净利落，没有一点多余的痕迹和线条，但不知道为什么，看起来总觉得哪里有些奇怪。

"看起来……没什么问题。"我斟酌着用词。

"那真是太好了！你觉得我能通过考试吗？"苏沐雀跃起来。

"就凭这幅作品，我只能说三个字——不可能。"我摇了摇头。

"为什么？你不是说没什么问题吗？"听到我说得这么斩钉截铁，她瞬间又变得沮丧。

"我只是说看起来而已。"

我又仔细看着那幅油画，画的是一位少女面带微笑，但脸颊上的泪水还没有干。

在色彩方面似乎没有问题，但少女面容中透露出的闲逸宁静，并不应该出现在这幅画里，这和整幅图想要表达的意思相违背。色调看似没有问题，但在绘画过程中，需要有明确的光源，比如最基础的影子方向。因为光源带有明显的色彩区别，物象笼罩着光源色，物体的色相就产生变化，如冷调、蓝灰调、金黄色调等。所以，它是构成图像不可缺少的重要元素之一。

在不同的光源下，物象的色泽不尽相同。白天阳光下的景物就是固有色，到了傍晚，在路灯的照射下，绿色的树会变成橘黄色，这就需要有色调统一的过程……

正如镁光灯照射的歌剧舞台上，根据剧情的变化，灯光师会选用不同颜色的灯光来衬托剧情，让观众身临其境，能对情节的起伏发生微妙的感受，这种效果也是色调的变化所造成的。

眼前这幅油画没有灵魂，看似完美却漏洞百出，这幅作品肯定不可能通过纸鸢学院的考试。

"你知道这幅画最大的问题吗？"我指着画问。

"你说。"苏沐也认真起来，严肃的表情好像是准备接受审判一样。

我随手拿起支铅笔，指着油画的底色，说："油画，意境美是它的灵魂，以色抒情。但是你这幅画没有单一色相的变化调和，更没有邻近色的调和。这句话你明白吧，就是由色相轮中接近颜色的配合而形成总体色调。最重要的是，这幅画基本没有对比色的调和，这样一来，色相、明度、饱和度都是相差较远的颜色配和。所以说，这幅画看似完美，其实是胡乱配色，这根本就不是缺少哪种颜色这么简单了。所以我给你的建议是重新画吧。"

苏沐听后，点了点头，沮丧地说："看来我还是不行啊。"

我安慰道："也不能这么说，其实这幅画还是有很多优点，没有多余的线条和痕迹，非常干净，处理得很好。"

苏沐又立刻变得激动起来，不敢相信地说："你这是……在夸我吗？"

我被她激动的反应吓了一跳，点了点头，说："算是吧。对了，稿子呢？"

苏沐走进房内，很快便拿出了一摞稿纸，交到我手上。我接过来，掂了掂，非常重，看样子写得不少。我感慨道："你一次写这么多啊！"

"没办法啊，快结局了，我写得很顺畅，就多了。"苏沐无奈地说。

我装出一副可怜的样子，恳求道："咱俩商量商量，下次能用 U 盘拷贝，或者用邮箱直接发给我吗？"

"不行，我写作必须用纸笔，否则，我写不出好的故事。"

"还有这种说法？"我有点难以置信，难道电子文档和纸稿区别有这么大？

"那当然，纸稿给作者的安全感和实际感，是电子文档永远都无法比拟的。而且我相信，读者看纸质书会产生和作者面对面交流的感受，这是电子书永远都做不到的。"

"原来这还有这么多讲究。好吧，那我先走了，这东西还挺沉的。"

辞别了苏沐，我抱着那摞稿纸回到出版社。说实话，这一路真是辛苦啊。进入编辑室，发现同事们都在商量午餐吃什么，我这才反应过来，已经快到中午。我连忙给艾羽发消息，让她记得吃午饭，免得她抱怨我不记得她。

午休时分，山哥他们叫我去一起出去吃饭，我指着那些稿纸，说想要抓紧时间整理完，就推脱了。苏沐的小说，需要我逐字逐句地录进文档，不过这倒有一个好处，我能够一边录入一边校对。按照她的要求，我标注出一些我的修改建议，但并没有随意更改……

终于将这次拿回来的稿纸上的内容全部弄完，我伸了伸懒腰，叹了口气。总算弄完了，这样我明天就可以为白雪庆祝生日了。这时我瞄了一眼手机，竟然已经晚上七点了，我连忙开始收拾东西，回家太晚的话，又得被艾羽抱怨。

"小艾，准备回去了？"夏弥端着一杯咖啡走了过来，"我看你忙活了一下午，还说给你拿杯咖啡提提神呢。"

"是啊，夏弥姐，稿子我已经弄得差不多了。我怕我妹在家里不按时吃饭，先走了。"

"那好吧，这杯咖啡我就自己喝吧。"

"好啊，那也谢谢夏弥姐的咖啡了。"

夏弥指了指我的电脑，说："没事。对了，电脑先别关了，我的电脑坏了，借你的整理一下资料。"

"哦，好的，没问题。"

我快步离开出版社，挤进晚高峰的人流中。终于，我总算挤上了地铁。走进小区的时候，我甚至有种错觉，好像有很长时间没回家了，顿时充满了期待。但当我打开家门看着满地的垃圾和外卖订单时，这种期待和喜悦瞬间烟消云散。

"艾羽，不是我说你，你就不能收拾一下吗？"我不禁抱怨起来。

艾羽在沙发上看着电视，完全没在意，说："不是有你吗？"

"哎……你总不能一辈子都靠我吧。"

她迟钝地接收到了我不高兴的信号，但她总有办法应对，撒娇道："好了好了，我知道了，以后我会收拾的。这一次……哥，你就帮我收拾呗？"

"真是的，你去学校了，我就不说你。"我无奈地叹了口气，开始收拾混乱的客厅。

其实艾羽几乎没有任何自理能力，什么事情都得让我这个哥哥亲自打理。尽管如此，我也心甘情愿，很早我们就没了父母的疼爱，作为兄长，自然得承担起照顾妹妹的责任，否则对不起已故的母亲。

收拾完之后，我已经筋疲力尽，胡乱洗漱完毕，便上床睡觉了……

阳光照进窗子里，也为这座钢铁森林带来一丝的生气，外面人也多了起来，有赶着上班的上班族，也有趁着清晨锻炼的老年人，还能依稀听到卖早餐的小商贩们的吆喝声。就在这时，我被手机的闹钟铃声叫醒了。

我伸了个懒腰，感慨着："还是在床上睡觉舒服啊。"尽管只有一夜在办公室里加班的经历，但感觉好像已经工作很久了似的。昨晚的睡眠质量相当好，但身体还是免不了有些酸痛。我走进浴室，让热水冲洗着身体的疲劳和生活的无奈。

洗过澡后，心情也变得好了起来。人生，可不就是这样，很多时候，看开了就好了……

对了，我得向主编请假，中午还得去拿蛋糕呢。想了想，还是选择发信息吧。

"主编，您好，我是艾翼。今天因一些私事想向您请假，稿件我已经整理好了，就在电脑里面，望您批准。"

我深知，刚开始工作就请假，是非常不合适的，可能会直接给领导留下不好的印象。不过苏沐说她已经和主编说好了，应该没什么问题吧。

没想到，主编马上就回了信息："好的，稍后我会查看一下稿件。"

我总算松了口气。在办公室里，谁都想要讨领导的欢心，只不过有的人能做到，有的人做不到，所以嘴上才说完全不在意。

看了一下手机，已经差不多九点了。给白雪发信息吧，该怎么跟她说呢？我又开始犹豫起来。

我来给你过生日，咱们出去吧。

不不不，太老套了，而且这么直接没意思。

前几天是我不对。

这好像也不行，我单方面认错，不太合适。

想了又想，我干脆直接邀请她去游乐场，这样一来不用单方面道歉，也不会太过直接。嗯，就这么办。

"在？"我打开手机，给她发送信息。

"什么事？"没想到对方竟然是秒回，看来很有希望啊。

"我想带你去一个地方。"

"没空，不想去。"

她拒绝了！女孩子的记性真是太好了，肯定还因为前几天的事情生气。看来，我也只好认错了。

"给个机会好不好，那天是我不对。"

"你先说去哪儿。"

看来还有机会，可是接下来该怎么说呢？我和白雪无非就是朋友，因为自幼相识，到了现在这个时候，贸然邀约又怕她会多想。说到这里很惭愧，因为我几乎没有朋友，即便是白雪，平时的联系也并不热络，这主要是我不擅长与人沟通，因为太麻烦了。

"哎……到底该怎么回啊？"我不禁小声嘟囔着。

"你直接说带白雪姐去游乐场不就好了，有什么可难的。"艾羽突然说。我回头看去，不知什么时候，艾羽已经站到我身边，脸上露出揶揄的表情。

我被吓了一跳，吞吞吐吐地说："艾……艾羽，你……在这里看多久了？"

"好一会儿了，我看你是太专心了，连我过来都不知道。你要真是不知道该怎么说，那就我来说呗。"

我想了想，将手机递给她，她的鬼点子最多了，而且不按常理出牌。但我还是有些不相信地问："你能行吗？"

"你就放心吧，交给我准没错。"

手机交到艾羽手上，她就一脸坏笑着坐到沙发上，很快就和白雪聊得火热，还会不时发出笑声。我开始有些后悔了，完全不知道她们会聊些什么。

"你究竟在和她聊什么呢？你用的可是我的手机啊！"时间越长，我心里就越担心，生怕她乱说什么。

"秘密，马上就好。"艾羽一脸"包在我身上"的表情。

果然，没过一会儿，我的手机就响了起来，是白雪打过来的。

"赶紧接吧！"艾羽将手机递给了我。我连忙拿回手机，刚一接通，白雪竟然直接答应了邀请，而且语气轻柔，好像完全忘记了前两天不愉快的事情。

挂断电话后，我还有些懵。艾羽又从我手里抢走了手机，迅速将之前的连天记录删除了。

"你到底和她说什么了？怎么她就同意了？"

"不告诉你。"

我叹了口气，真搞不懂艾羽究竟想干什么。不过还好，我和白雪总算能好好沟通了。

"对了，今晚你要不要来找我们，一起吃蛋糕？"我突然想起这个妹妹也喜欢吃蛋糕，不如来找我们。

"不必了，你给白雪姐过生日，我去的话，会有点奇怪。"

"有什么好奇怪的？"我不太明白艾羽的话，便问。

"走吧走吧，等会别人都等急了。你真是不懂女孩子。"艾羽嫌弃地推着我。

"那我走了，今天你还是点外卖解决吧。"

"嗯，路上小心。"

我刚换好衣服，就被艾羽推出了门，然后身后便响起了干脆的关门声……

第七章　约　会

想把世界送给你
xiang ba shi jie song gei ni

秋日的阳光洒满大地。

广场上，放眼望去，有几个穿着布偶服装的工作人员，他们将手中颜色鲜艳的气球一个个递给有着灿烂笑容的孩子。他们肯定非常乐意看到孩子们的笑容，毕竟那是世界上最纯真无瑕的笑脸。

每次见到这个画面，我都会开心起来，毫无缘由。或许是孩子们的笑脸可以治愈别人吧。在售票亭的那一端，我看到白雪已经站在那儿等我了。我明明已经提前了十来分钟，就是不想让她等我，没想到她早就到了。

透过人群，她已经看见了我，我也快步走过去。

今天的白雪很漂亮，她头上戴着一顶草帽，穿着一条长至脚踝的蓝色长裙，随着轻快的脚步而飘逸着，上身搭配了一件蓝色的宽松外套，脖颈上戴着一条贝壳项链。这一身装扮，很漂亮，也很符合她的气质。

秋风也似乎对美女产生了兴趣，将她长长的秀发吹起，俏皮的在她的肩上起舞。一不留神，草帽被吹掉了，露出了漂亮的发簪，显得格外甜美、可爱。

那草帽随着秋风吹到了我的脚旁，我弯腰将草帽捡起，递给了白雪，称赞道："衣服很好看，很合适你。不好意思，我来晚了。"

"没关系，我也才刚刚到而已。"

我在心里叹了口气，如果是我提前到了，然后对白雪这么说，似乎更符合设想。现在角色对调了，还真是有些尴尬啊。为了缓解尴尬，我提议道："我们先去买票吧。"

今天是工作日，游客比节假日少了很多，可实际上还是有不少人在排队。

"好多人啊。"白雪有些激动。

我解释说："还好吧。平时节假日应该更多，现在这点人数还算正常。"

"那我们一会儿去玩什么项目？"白雪露出了期待又兴奋的表情，和小时候一模一样。

"你做决定吧。"由于这个小表情，我似乎也像是回到了小时候。

"那我们先买票进去，到了里面再决定。"

"好，都听你的。我们走吧，去买票。"我伸出手去牵白雪。

其实这个动作对于我和白雪而言，既熟悉又陌生。熟悉是因为自幼相识，常常会手拉手，陌生是因为我放弃绘画之后，关系生疏了许多。白雪愣了一下，还是红着脸将手伸了出来。

我这才意识到似乎有些不妥。儿时手拉手没什么关系，但现在我们已经到了这个年龄，牵手这个举动似乎带着一点点暧昧的意味。或许，在旁人看来，我们就是一对情侣。

都怪我，竟然这么不过脑子，不光是我觉得不妥，就连白雪也非常异样，脸红得不行。如果现在我放开，又太过冒失，显得非常不体贴，但白雪又不会自己放手，她的性格就是如此……

不管了，先去买票吧，好在售票厅就在前方。在排队的时候，我尽量不去看白雪通红的脸颊，尽量假装拉手是为了确保两个人不被人流冲散，而没有其他想法。

好不容易轮到我们了，我才"自然"地放开了手，拿出钱包，说："你好，请给我两张票。"

售票厅窗口处是一位年龄偏大的中年女性，她打量了一下，笑着说："哦，我们这边有个情侣套餐，价格不变，但晚上可以免费乘坐摩天轮。如果单独买票，是要分开收费的。"

我用手指了指我和白雪，有些尴尬地说："但是，我们不是……"

"嗯，就那个吧。"白雪突然笑着对售票员说。

"好的，先生，这是你和你女朋友的票。"售票员将票递给了我。

算了，既然有优惠为什么不要呢？白雪应该是这么想的吧。

"谢谢。"我接过了票。票上印着大大的粉色爱心和"情侣票"三个大字，有一种说不出的奇怪感觉。我把其中一张递给了白雪，说："那我们走吧。"

通过验票机进入到游乐场内，没想到，里面的游客特别多。熙熙攘攘的人群中，随处都能听到人们的欢笑声和优美的音乐，好不热闹！幸好我们选在了工作日，要是到了节假日，游客肯定更多了。

看到这一切，白雪雀跃不已，仿佛回到了充满童趣的儿时。我连忙叫住她，先找到工作人员买了一份地图。

不得不说，游乐场还真是挺大的，以前都没注意到，或许是经过扩建了吧。其实，我已经很久没有来过游乐园了，最后一次来已经是好几年前。那时候，总是幻想着自己拥有超能力，在关键时刻去帮助别人，现在想来还真是幼稚。不过，这种纯真永远都是好的。

地图上的各种游乐设施标注得非常清楚。我拿着地图笑着问白雪："你想玩些什么项目？"

她没有看地图，而是指向一个巨大的铁架子，说："我想玩那个！"

我顺着她指的方向看去，竟然是过山车。由于翻新过，现在过山车的高度让人不寒而栗。本身我就不敢玩过山车，从小就不喜欢，毕竟这个太刺激了。

我面露难色，极力想保持镇定，但已经有点结巴了，说："白……白雪，我看要不算了吧。那也没什么好玩的。"

她看着我紧张的样子笑了笑，说："你害怕了，我都不怕你怕什么？"

我用手挠了挠后脑勺，尴尬地说："确实有点……要不算了。"

"真是奇怪，一般来说，不是应该是女孩说自己不怕，然后男孩逞强也要陪着吗？"白雪笑着调侃道。

"这是哪部狗血小说的剧情啊！"我不禁瞠目结舌，真是败给女孩的想法了。

"我不管，你要陪我一起。"

我刚想拒绝，不料，白雪已将随身物品递给了工作人员保管，也顺手将我的东西交了出去。

"白雪，我看要不我就算了吧……"我用恳求的目光看着白雪。

最终，我还是没挡住白雪的软磨硬泡，陪着她坐上了这趟"死亡列车"。

天空依旧蔚蓝，只有几片云，不过，机械的"咔咔"声打破了这番美景。随着过山车的不断升高，我也越来越紧张，不禁在心里后悔：啊！早知道就不上来了。

尽管心里波涛汹涌，心跳也越来越快，但还是想极力保持镇定，不想失去男性的尊严。

突然，白雪紧紧地抓住我的手。我一惊，或许她想让我放松一点。

我长出口气，已经这样了，还能有什么办法呢？坦然接受吧。

我们坐在过山车的第一排。对于喜欢玩过山车的人而言，这是一个好位置，但对于我则恰恰相反。没有前一排人能稍微挡一下视线，心就更悬了。我的手心一直在冒汗，不过白雪的手很温暖，也很安心。

真是丢人，玩个过山车，竟然要女孩来安抚自己。我在心里自嘲着。

很快，这趟"死亡列车"也上升到最高处了。随着"嗖"的一声。过山车疾速下落，一种失重所产生的发麻感顿时从脚底往全身发散。

我们一直在飞快地下落、翻转，我已经没有靠在座位上了，也使出了全身的力气紧紧地抓住扶手。这是人的本能反应，毕竟安全带和扶手是失重时唯一的救命稻草。其实我心里很清楚，这项游乐设施很安全，可仍然充满了恐惧。

"啊——啊——"身后传来了此起彼伏的尖叫声，几乎震破了我的耳膜。

我鼓足了勇气睁开眼睛，想看看白雪的反应。刚一睁开，只看到人、建筑物以及天空都倒过来了，让我眩晕不已！我只好又闭上眼睛，紧握扶手，任风从耳边呼啸而过，心仿佛要跳出来了。尽管在这种失控的时候，我也能感受到，白雪的手握得更紧了……

在空中来回了几次之后，过山车缓缓减速，我也终于睁开眼睛了。

"终于结束了吗？"我在心里感慨着，"下次再也不玩了，说什么都不玩了！"

我转过头看向白雪。她已经脸色发青，眼睛也红红的，长发早就被风吹得不像样了，完全没有了刚才的精致和优雅。看来，她也不会再来玩这个项目了。

我用手轻轻地抚平她散乱的头发，安慰道："没事了，已经结束了。"原来她比我还更害怕，既然如此，为什么还吵着要玩过山车呢？这一点我真是想不透。

不知不觉已经接近中午了，秋天的中午是最舒适的时候。

秋风拂过大地，卷走了烦恼和那片片树叶。白雪坐在游乐园的公共长椅上，已经过了好一会儿了，可过山车的"阴影"还没缓过来。

我走到自动售卖机前买了杯热咖啡，端过去地给她，问："怎么样，好些了吗？"

"嗯。"她点了点头，但是看样子还是惊魂未定。

我拿出那顶草帽帮白雪戴上，说："真是的，既然害怕为什么还要坐呢？"

她低下头小声说："我……就是想陪你坐一次，你以前不是最怕这个吗？"

我有点明白她想要干什么了。看着白雪现在这副样子，心里又是好气又是心疼，完全不知道该拿她怎么办了。我想了想，道："但现在，你好像比我还害怕吧。算了，好点没？要不要去吃个中午饭？"

"不用了，你是不是饿了？是的话，我陪你一起去。"

好吧，看来美食这种招数只对艾羽起作用。我连忙说："我倒也不是很饿，要不，我们去玩点其他项目？"

她拼命地摇头。

"要不，我们回去？"我实在不知道还能怎么安抚她，只好提议道。

白雪拉住了我的衣服。忸怩地说："不……我不想回去，你……你得陪我！"

我看白雪这副样子，有些哭笑不得地说："那好吧，我陪你。"

就这样，我们一直坐在游乐园的长椅上……

不知过了多久，白雪竟然靠在我的肩上睡着了。我一动不动，生怕吵醒了她。渐渐地，肩膀传来了阵阵酸痛，看来她睡得很香呢。很多游客都向我们投来了好奇的目光，然而我没有在意。又何必去在意呢？

时间过得很快，转眼间就到了傍晚，白雪也缓缓地睁开眼睛。

"睡醒了？"我看着她一脸满足的表情，笑着问。

"嗯。"她有些不好意思，尤其是一直枕在我肩膀的那一侧脸颊，红得是那么明显。

"睡得还好吗？"我重新为她戴上草帽，刚才睡觉的时候，我担心她不舒服就摘了下来。

"嗯。"她小声地应着。

"对了，现在我们可以去坐摩天轮了，应该能看到不少美景呢。"

"嗯。"

"白雪，你现在除了'嗯'，还能说点别的吗？"

"哦。"

这个回答让我哭笑不得。我有些无措地看着白雪，难道她有起床气吗？真是搞不懂女孩子的心，叹了口气，我拉着白雪走向摩天轮。或许，一天之中，此刻才是最值得期待的。

总算是到了摩天轮下，工作人员笑着介绍说："这里有个传说，当摩天轮升到最高处的时候，情侣只要互相看着对方超过 9 秒，那么爱情就能得到永恒。"

我在心里感慨着，这种骗人的把戏，又有谁真相信呢？爱情和亲情都是一样，随时都会消失，更何况，我和白雪根本就不是情侣。

我知道有这样一种说法：摩天轮是为了和所爱之人一起跨越天空而存在的。

坐摩天轮获得的幸福是缓慢的、宁静的、安稳的，相爱之人近在咫尺，共同抵达"天边"，这是可遇不可求的。我们一直在努力，尝试着接近幸福，天一样高的幸福。摩天轮比我们先做到。所以，它成了情侣幸福的化身。

我和白雪坐在摩天轮里面，缓缓升起。城市的夜景渐渐地映入眼帘，街灯在夜空下闪闪发亮。渐渐地，我被夜景吸引住，深情地说："听说，坐上摩天轮就是幸福。随着摩天轮渐渐转动、升起，地上的人们变得渺小，整个世界仿佛只有我和身边的人，我们离天越来越近，也是离神越来越近。当摩天轮转到最高处时，虔诚地许愿，那样，你的愿望就会被神听到。如果神认为你是个好孩子，那愿望就会实现。"

白雪看着我幸福的表情，笑出了声。

我回过头去，有些好奇地说："怎么，缓过来了？"

她笑了笑，说："我也听过一个关于摩天轮的说法，一起坐摩天轮的恋人最终会以分手告终……"

我一边听一边撑着头看窗外的夜景。真想不到，这座曾让我感到冰冷无比的钢铁城市还有如此美的一面。突然，我看到了远处的北山大厦，那个被称为"希望之窗"的电梯上有不少人。那是和苏沐相遇的地方，也不知道她现在在干些什么。

摩天轮马上就要升到最高点了，白雪凑到我面前，继续说："但当摩天轮达到最高点时，如果恋人亲吻，爱情就会永远走下去。"

突然，白雪渐渐俯下脸，用手抓住了我的双肩。我还没有反应过来，就有什么柔软的东西贴在我的嘴唇，唇瓣传来湿润的触感，我沉醉在这个吻中……

就在此时，天空中突然响起火焰炸开的声音，随之亮起一道道绚丽的光芒。是烟火表演！

绚烂的烟火在空中划出优美的弧线，紧接着，一个个红苹果状的烟花在天际绽放开来，像是画家给天空涂上了一层颜料，渐渐地滑落下来，消失在黑夜之中……

摩天轮已经开始向下旋转，白雪才慢慢离开我的嘴唇。她害羞地说："你看，这样我们就能永远在一起了。"

尽管刚才我也沉浸在热吻当中，但其实是被动接受。此刻被她一说，我倒显得有些无措。说实话，我从未想过白雪会喜欢我。尽管我们自幼相识，算是青梅竹马，但也因为太过熟悉，所以并不合适，再加上她马上就要去纸鹞学院上学，恐怕也很难再见了，除非我也去纸鹞学院……艾羽又该怎么办呢？

都市传说并不可信，但非常美丽，为城市平添了许多的浪漫色彩。摩天轮就是这么神秘，总在不经意间打动你。

我满心疑惑，而白雪则是一脸幸福地走出了游乐园。白雪确实非常漂亮，我对她的感觉是不是仅限于喜欢和亲近，这份喜欢到底是不是爱，那我对苏沐又是什么感受呢？

回白雪家的路上，我特意去蛋糕房里取了蛋糕。白雪得知我并没有忘记她的生日很开心。到了白雪家后，她坐在沙发上，我将蛋糕拿了出来，插上蜡烛，一一点燃。

外面突然下起了小雨，蜡烛还在燃烧着……顿时间，秋雨如烟如雾，无声地飘洒在那空地上的瓦砾堆里、枯枝败叶上，淋湿了地，淋湿了房，淋湿了树……也淋湿了白雪的双眼。

她笑着，听我唱着生日歌。

月光、小雨、朦胧的蜡烛在蛋糕上燃烧。

这月下的小雨和这个朦胧感形成了强烈对比。

朦胧中，白雪开心地笑了，笑得很甜很甜……

我拖着疲惫的身体回到了自己家中。艾羽还半坐半躺在沙发上，听见我开门便问："怎么样，今天还开心吗？"

"还好吧。"我下意识地摸了摸自己的嘴唇,回想起之前的触感,确实是很舒服。

"那真是太好了。"

"不过啊,你究竟和白雪说了什么? 我看她今天不太对劲啊。"对啊,太不对劲了,我现在才反应过来,单是吻我就很不正常。难道是昨天艾羽和她说了什么?

"没什么,就是帮哥哥哄了哄她。"艾羽一边吃着薯片一边看着动漫,完全没有当回事儿。

哄? 怎么个哄法? 我刚想问,手机突然响了起来。

我连忙接通,说:"喂? 您好。您是……"

竟然是主编打过来的。我现在还不能让艾羽知道,便回到自己的房间小声地问:"主编,有什么事情吗?"

……

"什么? 苏沐的书稿? 我保存在电脑里面了。"

……

"没有? 我过去看看。"

不知道出了什么问题,明明保存在电脑里的稿子却没了。挂断电话后,我迅速走到客厅,换了鞋子,准备出门。

艾羽忙问:"怎么,你又要出去啊?"

"有点小事情,我得去解决一下,你早点睡觉吧。"

艾羽撇撇嘴,说:"好吧,早去早回,路上小心。"

怎么会发生这种事情呢? 下次为了保险起见,我应该弄个 U 盘保存,现在这样想已经没用了。但是,就算是亡羊补牢,我也要补上去。

我快步跑了出去。秋风透着丝丝凉意,它不比冬风的寒冷凛冽,也不比夏风的燥热慵懒,更没有春风的温柔细腻,只带着丝丝的凉意与寂寥,会不经意间渗透人的心扉。

第八章 遭 遇

我总算赶到了出版社，不过令我奇怪的是，为什么文件会消失呢？

主编坐在办公室的沙发上有些不耐烦地问："小艾，你整理的文件呢？我怎么没看见？"

"主编，我……我……"这时，无论我怎么解释，主编都不会相信。如果坚持，还会被视作狡辩。毕竟我信誓旦旦地说东西保存在电脑里，可现在就是不见了。而且，为了方便，我直接将资料存在桌面上，基本找不回来，就算找回来了，也是损坏文件。

"你还有什么话说吗？我给你个解释的机会，或者是现在回去重做。必须在明天之前完成！"主编的语气虽然不算严厉，但我知道，这已经是很严重的指责了。

我低下了头，咬着牙，说："我现在去做，明天肯定能完成。"

"嗯，那你快去吧！明天做完立刻发给我看。这次不能再找借口了，明天再写一个自我检讨。如果还有下次的话，你就不用来了。"

"是。"我怀着沉重的心情走出了主编室。

平时很好说话的主编，一旦遇到事情，处理得非常老练。

这一次是我错了，应该备一个 U 盘来备份文件。电脑始终是机器，总有靠不住的时候。

可是，保存在电脑里的文档怎么会凭空消失呢？为什么其他文件没事，只有我的文件出了问题呢？答案只有一个，就是被人故意删除了，又会谁呢？我明明只是一个新人，而且刚来不过两天，是故意针对我，还是针对苏沐呢？

这个时候，坤鹏笑着走了过来，说："好好努力吧，小伙子，你要学的东西还有很多呢！"

突然间，我想起了苏沐和山哥他们对我的警告。

"就不用你操心了，坤鹏哥！"我特意加重了语气，果然，就是他动的手脚。可坤鹏这么做因为什么呢？

这个世界上，总少不了笑着和你做朋友，却在背后藏着一把尖刀的人。当你不能给他带来足够的利益，或者说你无法满足他的要求时，他就会将那把刀掏出来，刺向你。

算了，已经顾不上去想了，还是赶紧先把文件整理好吧。不过这次一定要保存好了，多备份几次。

我回到了电脑桌前面开始工作，不过，又得从头开始了。看样子，今天晚上又要熬夜了。

夏弥还没下班，走了进来。和昨天晚上一样，她手里还是拿着一杯咖啡。看到我，她很吃惊地问："小艾，你今天不是请假了吗？"

我垂着头，有些丧气地说："主编把我叫回来了，说是之前的文件不见了。我只好重新做。"虽然我自己看不见自己脸上的表情，不过我从语气里面就能感觉出我的沮丧了。

夏弥竟然笑了起来，故作玄虚地说："不见了？你该好好感谢我了。"

"感谢你什么？夏弥姐，你是在幸灾乐祸吗？这样可不好哦。"虽然这是不可能的，但是我就是想逗逗她。

"当然不是了，你真是狗咬吕洞宾不识好人心。"夏弥从衣兜里掏出一个U盘，放在办公桌上，"看看这个U盘。对了，咖啡也给你吧，昨天就想请你喝咖啡来着。赶紧喝吧，冷了就变味了。"

"没事，冷了之后也有属于它的风味。谢谢夏弥姐的咖啡了。"

"真会说话，行了，你先看看吧。"夏弥又指了指U盘，然后回到自己的办公桌前。

难道里面有什么秘密，还是有什么好看的东西？满心疑惑的我打开了 U 盘，竟然是那份被某人故意删除的文件！我简直不敢相信自己的眼睛，生怕是文档名字重复，点开文档一看，没错，就是昨天我忙活的成果！

对了，昨天晚上夏弥说她的电脑坏了，要用一下我的电脑，肯定是她帮我做了备份。我激动地从椅子跳起来，冲过去抱住夏弥，大声喊："夏弥姐，你可真是太棒了！"

夏弥轻轻地推开了我，笑着说："好了好了，你说是不是该好好地谢谢我？"

"嗯，改天请你吃饭。"我猛地点头，激动地说。

"吃饭可以，别叫上其他人啊。我刚好有事情想找你帮忙呢。"

"嗯，只要能帮上忙的，我就一定竭尽全力。"我拍着胸脯保证道。

"好啊，还不赶快把东西给主编去。"

有了这个文档，我至少可以去和主编解释清楚。等一会儿……如果现在将文件交给了主编，那以后呢？或者是下一个过来实习的人呢？他能做出这种损人不利己的事情，而且苏沐和山哥他们都曾经提醒过我，看来他平日里没少给人下绊子，主编肯定还不清楚。既然如此，我来当这最后吃亏的人吧，虽然我也没吃到什么大亏。

想明白这些后，我拿着 U 盘笑着说："不急，这次我一定会让他露出狐狸尾巴的。"

"尾巴？谁啊？"夏弥丈二和尚摸不着头脑，还不知道我要做什么。

我露出一个神秘的笑容，说："当然是他的了。"

……

我还在电脑前整理着文件，夏弥已经"回去"了。

我早就想到了，如果我加班之后回家了，坤鹏肯定还会再来一次，想要再弄一次文件不翼而飞。编辑室里面没有监控，电脑也不能上锁。他要动手脚，简直像小偷闯空屋一样轻松。干脆，来一个将计就计。

又过了一段时间，我假装是终于做完了工作，离开办公室。临走前，我还特意留意了一下，办公室里所有的灯都关了。这样的话，他才会以为我已经走了。

我和夏弥悄悄绕回了办公室，躲在窗帘后面。没过多久，一个黑影走了进来，我的电脑屏幕亮了起来，紧接着是点击鼠标的声音……

我猛地蹿出去，打开了编辑室的灯，灯光照亮了那个"丑陋"的面容。此刻，这张脸上布满了惊慌失措。

我带着微笑，问："坤鹏哥，你在我的电脑上准备做什么啊？"

夏弥也从窗帘后面走了出来，骂道："狐狸尾巴总算是露出来了！坤鹏，你之前让小艾给你当苦力还不够，怎么还要陷害他？"

坤鹏见事情败露，面容开始变得可憎，他咬牙切齿地说："那你也应该问问他！是他先在背后捅我一刀的！不就是让你替我整理了些资料，你就去找主编告发我。害得我被主编痛骂一顿，还要对我进行罚款。"

我莫名其妙，这都什么和什么啊？我明明没有去告发坤鹏，但为什么会传到主编那里呢？

"是我告发你的。"不知什么时候，苏沐和主编已经站在门口。苏沐冷漠地看着坤鹏，而主编则是一脸怒气。

她们走了进来，主编严厉地说："刚才我已经在门口听了很久，坤鹏，没想到你竟然是这种人。为了维护团队的凝聚力，我正式通知你撤职，去A编辑部从头做起！"

"可是……主编，我是想帮小艾整理文件！他是新人，我……"他立刻又换了一副讨好的嘴脸对主编说。

夏弥打开我的电脑桌面上的回收站，指着那个文档，问："帮艾翼，那这是什么？"

"没有可是了！去吧，不要让我再说第二遍。"主编已经认清了他是什么人，根本不吃这一套。

于是，坤鹏就灰溜溜地收拾他办公桌上的东西。临走前，他用充满仇恨的眼神狠狠地瞪了我一眼。

随后，主编向我道歉，说之前没有弄清事情真相冤枉了我。鉴于我被冤枉后优先考虑完成工作，苏沐在一旁又充分肯定我的工作能力，主编宣布，我从明天开始正式转正，而坤鹏则被撤职，从头做起。

经过这么一闹，事情总算是告一段落。主编和苏沐先走了，编辑室又只剩下我和夏弥。

我还是弄不明白，坤鹏为什么会露出仇恨的表情，我好像并没有得罪坤鹏啊，为什么他会对我有偏见呢？

"还在想刚才的事情啊，有什么想不明白的吗？"将坤鹏从B编辑部踢出去后，夏弥心情好得不行。

"对啊，我还是不能理解，坤鹏为什么会那么恨我。那种眼神让我很不舒服。"

"你还不知道吧？"夏弥突然想起了什么，问。

"知道些什么？"我更是糊涂了。

夏弥这才告诉我坤鹏的故事，原来他也是个可怜之人。

坤鹏是单亲家庭的孩子，从小就只有母亲辛苦地抚养他。缺少父爱的他性格有些偏激，也有些敏感，常常斤斤计较，所以人缘非常不好。最近，他的母亲生病了，需要一大笔钱，但他又极为自尊，根本拉不下脸去和别人借钱……

"大概就是这么回事了，其实我也只听说而已。"

"那他的遭遇和我有点相似。不过，我们的区别是，我身边总有人会拉我一把。"这个人是白雪、陈姨，当然最多的是黑子阿姨和艾羽。我听完之后，感慨地说，"可恨之人必有可怜之处，可怜之人必有可恨之处。"

"这么说你也……不好意思，我不应该说这些。"夏弥双手合十，向我道歉。

"没关系，已经过去很久了，我早就不在意了。对了，夏弥姐，这么晚了。要不我送你回去吧。"每次当别人听说我的遭遇后，总会露出这种既怜悯同情，又有些尴尬内疚的表情，为了缓解夏弥的这种心情，我提议道。

"嗯，好啊。"夏弥连忙点头应允。

刚走出北山大厦的门口，外面又下起了雨。我伸出手，试了试雨的大小。虽然不算大，但我不喜欢被雨淋湿的感觉，转头问："夏弥姐，你带伞了吗？"

"我带了，咱们快点走，还能赶上末班地铁。"说着，夏弥拿出了一把粉红色的雨伞，准备和我共打一把。说实话，真没想到，夏弥很有少女情怀，她的东西总是充满着少女元素。

"夏弥。"突然，有个男人和夏弥打招呼，并不是我们出版社的人。我好奇地打量了一下，这个男人长相普通，可能就属于传说中的大众脸吧。

"不好意思，你认错人了。"夏弥拒绝得很果断，然后，她拉着我快步走了，而且，我还发现夏弥的手有些颤抖……

总算进了地铁站，坐上了末班车。这节车厢除了我们之外，没有其他人了。对于刚才的那件事，我心里充满了疑惑，但并没有多问，因为我知道，夏弥这么做，肯定有她的原因。一个人要隐藏某件事情的初衷很简单，就是不想说，既然如此，我就保持沉默吧，毕竟我和夏弥也不过刚认识两三天而已。

不过，刚才那个男人，我总觉得好像在哪里见过。乍一看，以为是因为太过普通，现在想来，好像是很久以前的画展里，有过一面之缘。但是，过了这么久，记忆早就模糊了。

"艾翼，你不问刚才那个男人是谁吗？"

我摇摇头，说："我觉得不需要，夏弥姐一定有自己的打算。"

"你能这么说我很开心，其实，我要你帮我的忙就是……"

在地铁上，夏弥拉着我聊了很久，连我自己都没注意到自己已经坐过站了。

"你能帮我吗？"说完之后，夏弥恳求地看着我问。

我拍着胸脯，说："当然！夏弥姐，我帮你！"

"那真是太好了！"

"是明天晚上约他出来吗？"

"对，到时候就拜托你了。"

正在这时，我才发现自己已经坐过站了，而且车厢外的雨也越来越大。

现在该怎么办？走回去，好像不太实际。打车，已经到凌晨了，而且外面还下着大雨，能打到出租车吗？

正当我苦恼之际，夏弥笑着说："不介意的话，你可以到我那儿去住一晚。"

我看着夏弥一脸的热情，有些不好意思，说："这……不会不方便吧，而且，那个……"

"没关系，我一个人住。"

这样的话，就更不合适了吧！我连忙摆手，说："不了，还是算了吧。"

"没关系。"

不论我怎么拒绝，夏弥总是说三个字——没关系。

最后，我还是败下阵来，主要是因为这场暴雨太大了，好似要将整座城市吞没一般。

出了地铁站，我和夏弥打着同一把伞走进公寓，打开了房门。房间里很整洁，布置也很温馨。夏弥先领着我去一个房间，问："今晚你睡这里可以吗？"

我打量了一下。这明显是一间客房，不过该有的东西都有，我连忙点头，说："嗯，没问题的。有床就行了。谢谢你，夏弥姐。"

"客气什么。房间面有间独立卫生间，你可以在里面洗澡，不过我这里没有换洗衣物，你就将就一下吧。"

"好的。"

夏弥走后，我先是给艾羽发了消息，说因为雨太大，在外面将就一晚，让她早点睡觉。之后又去卫生间洗了个热水澡，然后便躺到床上。说实话，还是挺舒服的，今天也累了，给白雪庆祝生日，之后又被坤鹏诬陷，好不容易都过去了，我的神经也放松下来，进入了梦乡……

早晨，我被手机设定的闹钟吵醒了。我慢慢睁开了眼睛，坐了起来。其实我并不喜欢在别人家里过夜，因为没有安全感。而且，终归是不能睡得太死。我洗漱完毕后，打开房门。走了出去。

迎面扑来的是一股饭香，我走进厨房，看到夏弥姐做着早餐。她看到我，随口说："起来了啊，快来吃早餐吧。"

"那……谢谢夏弥姐了。"我连忙将早餐端到了餐桌上，"对了，昨天你说的那件事，我还有些问题要问。"

"嗯？问吧。"夏弥解开了围裙，走了过来。我注意到，她的围裙上有个小熊的图案，也很可爱。

"那我就直言不讳了。第一个问题，你的父母为什么要干预你的婚恋呢？"

夏弥愣了一下，笑着回答："大概是我没用吧。我父母都是画家，但我没有继承他们的衣钵，然后就找到了他，觉得他比较合适。"

我恍然大悟，难怪我觉得在画展中见过他，昨天还以为是记错了，原来并没有。"难道你的父母就不在乎你的感受吗？"虽然这样问有些失礼，但我想不出怎么婉转地发问。

"大概不会在乎吧，因为……在他们眼里，艺术比我更重要，在他们眼中，我可能是一个有瑕疵的作品。"

我在心里叹了口气，这不就是我在所谓的亲生父亲心里的位置吗？我又问道："夏弥姐，我想要……"

还没有说完，门铃就响起来了。

"小艾，帮我去开一下门吧，这么早究竟是谁啊？"夏弥在张罗布置碗筷，便说。

我打开门，原来是昨天晚上的那个男人。真没想到，他会直接来夏弥姐的住处找她。不过，今天他的着装有些夸张，一袭漆黑的西装，搭配了一条酒红色的领带。

"你好，请问你有什么事吗？"我友好地问。

他充满警惕地打量着我，说："哦，夏弥在吗？我是接她去上班的。你……也住在这里？"

原来是为了接夏弥姐去上班，怪不得他要打扮一番。只不过，这样一身会不会太过隆重了。

夏弥走了过来，拉着我的手，说："城空，他会送我去上班的。你走吧"

城空这个名字，我好像听过。

"他是？"城空问。

夏弥一把搂住了我的胳膊，故作亲密地说："他叫艾翼，是我的男朋友。"

"艾翼？你是……艾慕儿的儿子？"城空露出了惊讶的表情。

"你……你认识我？"这下轮到我吃惊了。

城空激动地抓住了我的手，说："好久不见，上一次见面已经是好几年前了。这下好了，我们有机会来交流绘画经验了。"

我推开他的手，轻声道："我已经……没什么经验好拿出来谈了。"

"不不不，你太谦虚了。对了，今年你是不是该去纸鹞学院报到了。到时候，我们就是校友了！"他倒是自来熟，好像我们相熟了很久一般。

"我……"我一时语塞，不知道该怎么应付这个麻烦角色了。

"下次，我们再约，我先走了。"看来，城空已经完全忘记来这里的目的了。

"嗯，再见。"我叹了口气，送走了他。

夏弥一直看着我们俩的交谈，发现自己根本融不进去。等我关上门后，她就开始盘问我："你和他认识？"

我挠了挠自己的头来缓解尴尬，说："算是认识吧，我大概知道你的父母要找他来当女婿了。"

夏弥一脸迷惑地看着我，问："什么意思？"

"因为他是绘画方面的天才，能力在同龄人中无人能及。"

她摊摊手，说："我听我父母说，他的天赋确实优秀，但还不是最好的。有一个什么被称作'神之手'的人更加出色。如果能找到他的话，估计我就能解除婚约了。"

我一时间感到有些尴尬。有人当着你的面夸你，但她不知道夸奖的就是你，这种感觉很奇怪。我说："那……你是不是得嫁给他啊？现在不是自由恋爱吗？你父母总不可能强迫你吧。而且……那个'神之手'早就已经……消失了。"说到最后，我的声音越来越小。

"但是，我……"她这才反应过来，吃惊地说，"'神之手'消失了？他死了啊？"

我不想再继续下去，说："我不知道。先吃早餐吧，还得去上班呢。"

"艾翼！等等！"她突然大叫一声。

我被吓了一跳，然后缓缓地转过身，问："怎……怎么了？"

夏弥的眼神里透出一股狡黠，问："你该不会就是那个'神之手'吧。"

"怎么可能！"我矢口否认。

夏弥又靠近了一步，问："那你为什么要转移话题？还有，你究竟还隐藏着什么？"

我的手心已经冒出了冷汗。这就是我害怕直觉灵敏女孩的原因，因为什么都隐藏不住。

"怎么会呢，我……"我退后了一步。

她步步逼近，问："那你刚才为什么要转移话题呢？老实交代。你和城空认识，你刚才也说了，同龄人里他几乎没有对手，刚才城空明显把你当成对手。再加上，你好像很了解'神之手'，所以我敢肯定，你就是'神之手'。"夏弥的眼神越发锐利，到最后，甚至流露出侦探破案时的坚定。

好吧，这都能被看出来了，我也是服了。在她的逼问下，我将自己的故事告诉了她。

从我喜欢上美术，到厌倦美术，再到憎恨美术，最后放弃美术……这是我第一次对别人敞开心扉，我以为我会很难过，没想到，竟然莫名的舒心。

夏弥听完之后，拍了拍我的肩膀，笑着说："你只要坚持自己就行了，不要受别人的影响。其实，你学美术那么久，这样轻易放弃，那么多努力不就白费了吗？你明明可以走一条和其他人完全不一样的人生道路。你有没有在心里问过自己，这辈子，你最想要的东西是什么？"

她这样一问，让我有些不知所措。我一直以为，自己想要的东西和拥有的东西几乎不会一样，如果是一致的话，那就是奇迹。但是这种奇迹真的存在吗？就好比这个世界上没有乌托邦，我们都是在现实里摸爬滚打，只有坚持住，才能找到通往天堂的路。

"但是，如果我去了纸鹞学院，那……艾羽该怎么办？"我嗫嚅着。

"艾羽？就是你的妹妹？"

"对。因为一些原因，她不去学校，而且没有任何朋友……我不可能让她独自生活。"这是我第一次说出妹妹的情况。

夏弥听后，豪气地说："这有什么难？不是还有我吗？记住，梦想这种东西，一旦你放弃了，它就消失了。听你的语气，你明明就放不下美术啊。"

"我……"听了这句话，我的心仿佛被蜇了一下，强装冰冷的世界，瞬间就出现了裂痕。

"其实，你和我很像。"夏弥对着我笑了笑，"我是被家里人逼迫着学习美术，但我并不喜欢。所以，我坚持着自己做出的选择。我喜欢做编辑，你不觉得和别人一起完成一部作品是一件很有成就感的事情吗？"

"那……如果你是我的话，会怎么选择呢？"

"不要隐藏自己的真心，既然想学那就去呗，别让自己后悔。"夏弥用手捂住了我的眼睛，"艾翼，你需要好好想想，什么才是你最想要的。很多东西不拼尽全力根本就不知道结果。相信自己的选择，才不会后悔。"

这个手掌很温柔、暖和，就好像妈妈那样。在我的脑海里，浮现出一幅画面，那是我始终不能忘却的回忆。

那一天，妈妈拖着被病魔折磨得极度虚弱的身体，仍然坚持在宽敞的画室里。

"妈妈，你为什么要这么拼命。明知道赢不了她。她可是被称为'油画之神'的人。"

妈妈用那苍白的手摸着我的脑袋，说："傻孩子，很多东西不拼尽全力，根本就不知道结果！"

"但是！你……"我有些着急。

"艾翼，你要知道，每个人就必须得相信自己的选择，这样才不会后悔。"

"相信自己？"我不太懂她的意思。

妈妈握着我的双手合十，挤出一丝微笑，说："对！相信自己。"

那时候，握着我双手的那双手，也是这么温柔、暖和。她告诉我，要相信自己……

我低下头，不知道为什么，眼泪就这样流了下来。或许是积累了太多生活的压力，和充当完美哥哥这个角色的压力。现在，夏弥总算帮我撕开了这个虚假的面具，这个破碎不堪的面具。

"好了，别哭了。你要记住，只有笑着的人才最坚强。"

我抬起头，尽力挤出笑容，说："我……夏弥姐，你这是哪本热血漫画的狗血剧情啊。"

"这个时候怎么还吐槽啊，我说得也很羞耻，好吧！"夏弥也笑着说。

"谢谢你。"我真诚地说，这一次是发自内心的。

"没关系。"夏弥用手帮我擦拭着眼泪。我心里所失去的色彩，又一次获得了填补的机会。

有时候，我总觉得，内心世界好像是一座已经苍老、荒废的城，里面什么都有，就是没有生机。但是夏弥的这一番话，让老城有了些许生机。是啊，幸福可以靠自己争取和把握。那些所谓的遭遇与不幸，就是老城里面的乌云，但乌云总有散去的一天。我坚信！

"我想通了，"我坚定地宣布，"我要去参加冬季艺术比赛，然后通过取胜进入纸鹞学院。"

"嗯，这就对了，你只需要去做你想做的。"夏弥一边说，一边做了个替我加油的动作。

那支早就不能飞舞的画笔，如今总算是打开了尘封许久的笔帽，抖净了身上的灰尘。那支笔上应该还有希望！

第九章 决 定

想把世界送给你
xiang ba shi jie song gei ni

做出了这个决定之后，我立刻准备离开，好像一秒都不愿意再等下去。

我从沙发上站了起来，说："夏弥姐，我该走了。"

没想到她也跟着站了起来，问："去哪啊？"

"去做我必须要做的事情。"

没错！必须要做的事情。在我放弃绘画之后，一直有个人在默默地帮助我，那就是白雪，她从来都没有放弃我。不过，我得去北山大厦找主编，想要重新拿起画笔，就必须全力以赴。

原来，开始和结束都是这里啊。我感慨着，望着眼前的北山大厦。深吸一口气，直接走进电梯，直奔主编室。

这一次，我没有其他想法，因为我已经想通，什么才是自己想要的东西。既然做了决定，就绝不能再失去。

到了主编室，我早就在心里组织好的语言，但一到门口，又不免开始紧张起来。说实话，我一个刚被录取转正的人，有资格这样做吗？

我鼓起了勇气，咽了一口唾沫，敲响了主编室的门。我甚至觉得，这敲门声就是地狱的丧钟。

"进来吧。"主编喊道。

我推开了门，说："主编，是我。"

主编坐在沙发上写着什么，看到是我，便问："小艾啊，你有事吗？"

"主编，我……"感觉有些说不出口，因为这是我的第一份工作，就这样草草画上句号真的好么？

"有什么事情都先别说了，现在编辑室缺人手，你能去帮忙吗？"

"好……好的。"我只好答应下来。不过，这样也不赖，能给我足够的时间和山哥他们告别。

"那就快去吧。"

"主编，我……我想做完今天就辞职，酬劳就不用了。"

"为什么？"主编推了推眼镜，有些不解地看着我。

到底该怎么说呢，我绞尽脑汁想了又想，最终，咬了咬牙，说："我已经找到了属于自己的真正道路。"

主编看着我笑了起来，问："是打算去参加纸鸢的入学考试吗？"

我被主编突如其来的一句话吓到了，连忙问："您……您是怎么知道的？"

"白雪已经和我说过了，其实，她就是我的学生。我就是苏沐的母亲。"

"这……"我愣在了原地，难怪之前苏沐一直不愿意深谈自己的父母，原来如此。

主编眯起了眼睛，将眼镜摘了下来，说："'神之手'，你现在有把握吗？再怎么说，我和你母亲也是旧相识，不然怎么可能让一个高中毕业的人进我们出版社。之前那个面试是骗你的，我们的确招够人了。"

"这么说，您认识我母亲？"

主编用一种非常憧憬的口吻说："没错，艾慕儿的天赋和我们这种普通人相比，天差地别。不过，天妒英才，她和我们不一样，她是为油画而生的人。"

主编的话让我感觉……难道主编有"中二病"？

"不过，艾慕儿留下了一对为油画而生的两个人，那就是你和你妹妹。这是她离开前给这个世界留下的宝物。你的辞职，我同意了！不过，你得答应我，一定要超越你的母亲！"

果然，主编就是有"中二病"！

"我一定会画出比我妈妈更加优秀的油画。对了，主编您是叫紫汐吗？我应该没猜错吧。"

我记得，母亲以前看到我模仿超人动作时，就说我和一个人很像，那就是紫汐。

"你认识我？哈哈哈，这就是命运的安排。不过，你还是快去编辑室帮忙吧，他们那边都快忙死了。"

"等等，主编，我有一个请求。"

主编又戴上了眼镜，一下子就变得严肃起来。难道戴眼镜和没戴眼镜是两种属性？她严肃地问："什么请求？"

"主编，我想让坤鹏来代替我的位置，如果我离开的话，B编辑部不就空着一个位置，所以我想请您……"

"不用请求了！"我没说完就被主编给打断了，"我早就这样打算了。"

真是吓了我一跳，或许这才是生活最有趣的地方吧。我笑着说："那就谢谢主编了。"

"不用谢我，快去吧。对了，你说的哦，今天的酬劳，我可不会给你的。"

"没问题。"

这件事情总算是解决了，我松了一口气。怀着难舍的心情，我走进了编辑室。这种感觉就好像要从母校毕业，不过又有不一样的地方，总觉得心里酸酸的。

夏弥也到了。看着我走进办公室，她没有走过来，反倒是山哥走过来，拍了拍我的肩膀，问："小艾，夏弥说的是真的？你打算走了？"

我拍了拍脑袋，说："是啊，山哥，很感谢这几天你对我的照顾。"

"谈不上。不过，以后回来的时候记得找我，我请你吃饭。"

"还有我，还有我。"妍妍也跑了过来。

"谢谢大家了，要不今天下班后我们聚餐吧，我请客。"

"你都要走了，哪能让你掏钱，我来！"山哥拍着胸脯，豪爽地说。

"这怎么行呢？"我立刻反驳。

山哥立刻瞪着眼睛说："怎么不行！我说我来就我来！你是不是不把我当兄弟？"

"那好吧。"我有些不好意思地说。明明是我提出的饭局，却让别人结账，这似乎不太好吧。不过，山哥真的是很热情的人，我不讨厌热情的人。

"别说了，赶紧把活儿干完才能去吃饭啊。"夏弥已经坐在电脑前开工了，看着我和山哥还在那里客套，提醒着。

"说的也是，山哥，我们开工吧。"

"开工！"

这一次办公室里的气氛变得很不一样，这一天，大家都很轻松。或许是因为我要离开了，他们不想给我留下不好的印象。但我知道，看起来开心的表面，里面早就悲伤不已。

"小艾，把13号文档递给我。"

"好，我这就去拿。"

"小艾，帮我装订一下这些文件。"

"我马上来。"

"艾翼，帮我把这些文件送去主编室。"

"来了。"

……

这是我最后一次工作，总觉得不能留下什么遗憾，毕竟以后就没机会了。本来对装订文件很马虎的我，竟然把文件整理得整整齐齐后，再去钉，生怕有一点闪失。

总算到了下班的时候，我心里那种不一样的感觉越来越强烈，那是一种即将离别的酸楚。

"走吧，小艾，把之前没有完成的饭局继续下去。"山哥第一个站起来说。

我们三个人异口同声地回答："好！"

还是那家火锅店，里面虽然装修很简单，不过在这里吃饭的人倒是不少。

酒杯碰撞的声音，火锅沸腾的声音以及秋风的声音。今天傍晚的风有点大，就连树叶也都被全部卷走，但依然不能影响我们的热情。在这种气氛下，就连讨厌酒的我都喝了几杯。

"小艾啊，到了新地方，你得好好努力。"山哥搭着我的肩膀说。

"我会的。"

"小艾，走了以后你得多吃一点，你太瘦了。"微胖的妍妍说。

"我会的。"

"艾翼，一点要赢啊，不能留下一点遗憾。"夏弥做了个加油的手势。

"夏弥姐，我知道了。"

夏弥将手指放在了我嘴唇上，说："别叫我夏弥姐，直接叫我夏弥吧，我就比你大一点，你叫我姐姐，这样显老啊。"

"知道了，夏……夏弥。"我有些不适应，应该说是害羞吧，总觉得这句话很奇怪。

"来，我们干杯！"山哥举起了酒杯。

"干杯！"

杯子再一次发出了清脆的碰撞声，不知道为什么，我不再觉得这是噪音了，反而觉得能留在这一刻该有多好。我讨厌酒，但我现在总算理解嗜酒如命的人，这样麻痹一下自己的神经，或许还不赖。

"小艾，继续喝！"

"嗯！继续喝！"

空酒瓶越来越多，头也越来越昏了……不知道是什么时候，眼一闭，就什么都不知道了。

……

次日早晨，我迷迷糊糊地睁开了眼睛，感觉时间似乎过了很久，又好像就一闭眼的瞬间。我躺在床上，看着天花板发蒙。

"头好昏啊。"我摸了摸自己的脑袋。

果然还是不要喝那么多酒了。究竟是谁送我回来的？山哥吗？

疑惑中，我转头一看，竟然看见夏弥躺在我旁边。这一下，几乎把我吓得跳了起来！

"夏……夏弥，你怎么会在这？"我连忙掀开了被子，偷偷看了一眼。完了，自己竟然一丝不挂。不过，还好，夏弥的衣服还好好地穿在她身上。

究竟发生了什么？难道说……我不敢继续想下去……

夏弥听到了叫声，也睁开了眼睛，迷迷糊糊地问："艾翼啊，天亮了吗？"

"夏弥，我……我们发生了什么？"我连忙问道，我必须第一时间知道这件事情。

"你都忘了吗？你得对我负责啊！"她瞪着眼睛说。

"我……和你……"我完全说不出口。

夏弥揉了揉眼睛，说："是啊，还是你要求的呢，你说会对我负责的！"

完蛋了，我喝断片了，不应该喝那么多酒啊！我现在该怎么办？不对，为什么夏弥还穿着衣服？等一下，她和我说不想和城空结婚，难道……

就在我脑子里胡乱想的时候，夏弥拿起了手机，说："今天陪我去见一下我的父母吧。"

我一下子就从床上跳了起来，问："什么！？"

"你都答应了要对我负责的。"夏弥再一次强调。

坦白说，夏弥长得太过漂亮了，而且昨天正是她点醒了迷茫的我，所以，我对她是有好感的。应不应该揭发她这么做的苦心呢？算了，既然她有难处，我又答应过要帮她，就陪她演戏吧。

但我还是满心挣扎地问："你不觉得我们不合适吗？"

夏弥笑着回答："不会啊，我觉得我们很合适！"

"我……"这下子，我真不知道还能说什么了。

以后真不能喝酒了。如果夏弥一口咬定说，我就是她男友，或者是未婚夫，我该怎么办？我才刚刚成年啊，就要对别人负责了？唉，如果妈妈还在的话，肯定要打断我的腿。

就在这时，夏弥已经打通了电话："妈，我不想和城空在一起，我已经有更合适的人选了，相信你和爸爸肯定会喜欢他的。你们有空吗？正好是周末，约出来见见吧。"

然后她就在电话里和母亲商量起见面的时间和地点。果然，她是为了避开城空，所以需要我的帮助。

这就要见家长了？我应该怎么说，明明我才刚成年啊！这要是被白雪和艾羽知道了，就算是帮助夏弥，她们恐怕也得打死我吧……

和夏弥的父母约在一家高档的咖啡厅里，尽管我喜欢喝咖啡，但很讨厌这种华而不实的咖啡厅，主要是这里的咖啡简直是糟糕透顶。早知如此，还不如带夏弥去"六十一秒"，不过那里似乎不太正式。

我和夏弥已经坐下等待了。说实话，我非常紧张，手心全是汗。

"没事的。"夏弥安慰我说。

我心想，你当然没事啊，但对我来说，那就是天大的事啊！

就在此时，一个西装楚楚的男人和一个穿着旗袍的妇人走了过来。他们笔直地走向我和夏弥，大概就是夏弥的父母了。

等等！他是？

我浑身的血液凝固住了，没想到在这里碰到你，原来你就是夏弥的父亲！

本来紧张的我，神情开始变得狰狞。虽然我看不见自己的脸，但我也知道绝不会有好的表情。那个令我痛恨的脸庞映入我的眼中，他竟然向我打着招呼："哟，原来是你啊，艾翼！"

"夏处博，你让我好找啊！"我站了起来，怒目圆睁，瞪着他。

"你小子还是没有变啊！"夏处博摸了摸自己的胡子。

夏弥有些害怕，她拉了拉我的手，示意让我坐下去。

那位妇人笑着开了口："夏弥，你眼光可真不错，不愧是我的女儿。艾翼是比城空优秀得多啊。"

我握紧了我的拳头，没想到让我重新拿起笔的女人，竟然是我最恨的两个人的女儿！造物弄人，我们都是上天的提线木偶，只是我们没有发觉罢了！

第十章　探　望

想把世界送给你
xiang ba shi jie song gei ni

"夏处博！你还有脸来见我？"我用手指着他们，大声嚷道。整个咖啡厅的人都向我投来了异样的目光。

"艾翼，你别激动啊。好歹我们也是你母亲的朋友、同学。你这样说我们，怕是不好吧。"夏处博笑着说。

"好了好了，人我们已经见过了，艾翼比城空优秀多了。夏弥交给你我们就放心了。处博，我们走吧。"妇人拉着夏处博准备离开。

"莲林，我们走，我们的女儿能和艾慕儿的儿子在一起，那是我们的福分啊。你可要好好对待我的女儿啊。"他还把艾慕儿这三个字加重了，随后就转身离开了。

我紧咬着牙齿继续瞪着他，直到他的身影消失在咖啡厅里，我才坐了下去。

夏弥似乎被吓到了，店里的其他客人也被吓到了。经理尴尬地站在一旁，差点就要来阻止了。

"抱歉，吓到你了。"我看着夏弥，有些愧疚地说。虽然我和她的父母都有过节，但是夏弥是无辜的。

"你认识我的父母？他们和你有什么过节吗？看起来你们很熟啊。"夏弥有些不解地看着我。看得出来，她依旧有些害怕，或许是我刚才的样子太恐怖了。

"我带你去一个地方吧。"

"什么地方？"

"到了那里，你就明白了。"

我们身处于一片迷宫之中，没有人知道正确的出路在哪里。总有幸运的家伙会误打误撞地走出这片迷宫，但是，那些不幸的人将永远困在这片迷宫中，永远也走不出去……

车站的花店前。一个中年发福的妇女从花店中走出来，她高兴地和我打着招呼："艾翼，这个月怎么来得这么早啊。"

"寒阿姨好，我想提前去见见我的母亲。"这位就是寒紫的母亲，因为寒紫的父亲常年在外，她因为喜欢花所以在这里开了间花店。

"这样啊，咦，这位是……"寒阿姨指着夏弥问。

"哦，她是我的……应该算是同事吧。"

"这样啊。"

"今天有新鲜的玉兰吗？"

"有有有，我去给你拿。"

寒阿姨回去拿玉兰的时候，夏弥抓住了我的衣角，低声问："看起来，你来这边已经很多次了。"

我无奈地笑了笑，说："是啊，一会儿你就知道事情的全过程了。"

片刻之后，寒阿姨从花店中拿出了一大束玉兰，周围的空气顿时充满了玉兰的香味。

"寒阿姨，多少钱啊？"

"不急不急，你先去吧。"

和寒阿姨很熟悉了，我也就不再客气，于是接过了花，向车站的另一头走去。

那是去孤儿院的路，母亲自小在孤儿院长大，所以希望自己去世后也能回到那里。

走过小路，青山孤儿院的招牌依稀可以看到。不过这里已经荒废了。只是一直都没有拆掉。在路口左转，然后再走一程，就到了母亲的墓碑前。我无言地将那一束花地放在了墓碑前。

"这是你的母亲？"夏弥问道。

我点点头，说："没错，在我和艾羽小时候，她就去世了。"

"阿姨的事情我觉得很遗憾。"这本是一句客套话，可是……我心里就是那么不舒服。

"夏弥，你确实应该感到很遗憾。我给你讲一个故事吧。"

我的母亲身患绝症，没撑多久便去世了。但是，医院检测出体内又中了毒。其实就算不中毒，依照她的身体情况，也撑不了几天。

父亲开始了调查。其实，母亲过世，对他而言是个沉重的打击，也因此消沉了一段时间。因为父亲的油画水平远不及母亲。

后来，他调查出来了，毒杀母亲的人，正是夏处博，他是我父母的同学。听母亲说，她年轻时，夏处博和父亲同时追求她，她选择了没有任何背景的父亲。因为她说，没有天赋，却比任何人都努力的父亲更让她心动，因为努力就是上天赐给他的天赋。

在父母的婚礼上，夏处博大闹了一番，最后是被警察带走的。不过，母亲出面表示不予追究，警察批评教育了一番后放了他。毒杀我的母亲，并非是因为爱而不得，而是因为他拥有多幅母亲的油画。那时候，母亲的油画已经很值钱了，但如果母亲死了，成为绝笔的油画就更值钱了。

最后，夏处博和他的妻子假装去探望母亲，并且庆祝她画出了历史上最高价的油画。然后，在礼品里下毒，让母亲吃了下去……他们就这样杀了我的母亲。

当然父亲调查出此事之后，将他们送上了法庭。然而，在父亲认为证据足够充分的情况下，我们依旧是败诉了。

是的，是我们败诉了。从那时候起我就明白了，这个残酷的世界根本就不讲道理。

这件事情对父亲打击更大，甚至远远超过了母亲的过世。不久，他就回到学校去帮助他的老师，共同探讨所谓油画的巅峰。

所以，我痛恨着他们。

听完后，夏弥受到了极大的打击，硬生生地退了几步。她难以置信地说："怎么会？不可能！我的父母怎么会是这样的人？！"说完，她捂住脸痛哭起来。

我不应该如此直白地把这件事情告诉她，但我也是没有办法。这件事情必须让夏弥知道。

看着还在那里伤心的夏弥。或许她被这个故事吓到了，或许她根本无法相信自己的父母会做出这种事情。我回过头，对着母亲的墓碑说："妈，我又来看你了。过段时间，我准备要出国了，去你和父亲曾经的大学去学习，希望你能给我好运。艾羽，我会拜托黑子阿姨照顾。不然的话，我可能连上飞机的勇气都没有……父亲离开了几年。接下来，我也不知道该怎么办了……"

可是墓碑一直冰冷着，似乎在等待着谁。应该是父亲吧，自从法院判决下来后，他就再也没有来见过母亲。

"阿姨，艾羽就交给我吧，我一定会照顾好她的。"我被这句话给吓到了。此时，夏弥已经擦干眼泪了，一把抱住我，说："对不起。"

"不应该由你来说对不起，因为你和你的父母是完全不一样的存在。"

对，夏弥和她父母是两个完全不一样的存在。这是我所明白的道理……

"完事了吗？"寒阿姨看着刚从墓地回来的我们问。

"嗯，那个寒姨，那束玉兰多少钱"

"不收钱。"

"这……怎么行呢？"我难堪地看着寒姨。

"我说不收就是不收，再说了，我是看着慕儿长大的，一束花而已，不用计较了。快走吧，我知道你很忙，而且还要陪你女朋友吧。"

女朋友？夏弥吗？或许在旁人眼中，我们的确像是情侣。我开口道："阿姨，你误会了，我们不是那种关系。"

"哦，小姑娘，你叫什么啊。"寒阿姨笑着问。

"我叫夏弥。"

"哦，我们艾翼可是很不错的人，千万别错过啊。"

"寒阿姨，你瞎说什么呢？"我推着夏弥就准备走了。

"我也觉得艾翼挺好的。"夏弥突然说。

"这样啊，那你们好好相处。艾翼，这个给你。"寒阿姨递给了我一个玻璃球。

我拿起玻璃球看了看，有些疑惑，问："寒阿姨。这是……"

"哦，这是慕儿小时候最喜欢的东西，她说会给别人带来好运。"

"那……谢谢寒阿姨了。"

我和寒姨道别后，就准备去黑子阿姨的家。夏弥说她想一个人冷静一下，毕竟这件事情不是那么容易就能接受的。而且带她去见黑子阿姨的话，一定会被问东问西……

"事情就是这样。"到了黑子阿姨的家里，我就将自己的决定坦白地说了。

"不和艾羽说一声吗？你已经准备好了吗？"黑子阿姨有些担心地看着我说。

"我怕我说了之后，我就真走不了了。有些事情需要我自己去调查清楚，每个人都有自己选择的权利。"我拿出了那颗玻璃珠。

"真相这种东西，不论什么时候都无聊透顶，即便如此，你还想知道真相？不过，纸鹞不是那么容易去的，你要是打定主意，从明天开始就得给我参加特训。"

"特训？这个您就放心吧。"我攥紧了手中的那一颗玻璃球，不知道是回答黑子阿姨的问题，还是回答自己内心深处的疑问，我轻声道："有时候答案更重要。那艾羽就拜托给您了。"

夏弥也说过，艾羽可以托付给她。不是我不相信夏弥，而是……我不想让艾羽接近他们。

"嗯，明天开始我们就开始特训？"黑子阿姨再一次确认我的决定。

我点了点头，又不放心地叮嘱道："这件事情，千万不要告诉艾羽。"

"放心吧。记得今晚上天早点睡觉。"

"放心吧，阿姨。"黑子阿姨唠唠叨叨地叮嘱，让我感受到了久违的母爱和温暖。

离开黑子阿姨，回家途中，我一直看着这双被誉为"神之手"的双手，不禁自问："我真能做到吗？"

"没关系……我一直都相信你，没有什么东西是做不到的。"

这个声音……好熟悉，好温暖……我猛地回过头。可后面空空如也，没有半点人影。只有几片泛黄的树叶从树上掉落。在几片树叶间，我看到一朵玉兰花。原来是想起了母亲曾经对我说的话。

眼泪不知不觉地从我脸上滑落，我走过去捡起那朵玉兰花，坚定地说："原来，我自己的愿望，一直被我握在手中。你说对吧，妈妈。"

我带着那朵玉兰准备回家。不过，回家之前，还得先去买一个花瓶。这样才能让这份信念保持住，让花朵完全绽放。

不过，我从来没有买过花瓶。在我眼里面，花瓶没有任何实用价值，稍不留神，就会摔碎。我走进了一家超市，在货架上挑选着。很快，便看中了一个透明的玻璃花瓶。虽然它是里面最不亮眼的，但在我眼中，它无比美丽，更能衬托出玉兰花的气质。

我指着那个透明的花瓶，说："不好意思，麻烦你，我要这个。"

工作人员将花瓶递给了我，付了钱后，我拆下包装，又向工作人员要了一点自来水，小心翼翼地将玉兰花插在里面……我知道，在他们眼里，我一定是个怪人，但我也顾不了那么许多。如果不这样，这朵玉兰花很可能在路上就枯萎了。

我抱着插着玉兰花的花瓶小心翼翼地打开房门，果然又是废墟般的场景。

我叹了口气，说："艾羽，你能不能让我省点心啊！"说完，我把花瓶放在了书桌上，又开始收拾起屋子。

"今天去泡妹子开心吗？再说了，你回来不就能收拾了。"艾羽不以为然地说。

"迟早有一天，我不在你身边了，你该怎么办？"

她正在吃薯片，完全听不进我说什么，说："那就等你不在的时候再说呗！"

我完全没了办法。不过，我还不想告诉艾羽，或许是我太自私了，我很害怕妹妹会伤心。只好让这个谎言继续下去吧，哪怕只能继续几天呢。

夜深了，我洗完澡后，从浴室里走了出来。随手用毛巾擦着湿漉漉的头发，可我太累了，已经懒得去吹头发了。

这个时候，手机响了起来。我划开手机，是夏弥发过来的信息，还有一条是白雪的。

先看看夏弥的吧。

"不论如何，你都得负起责任。"好吧，算我倒霉。

再看看白雪的。

"加油，我相信你。就算有几年空白期，以你的能力，应该也能顺利补上。这才是真正的你。"

说实话，做出决定之后，我就已经变得不一样了。不过，看到白雪的信息，我依旧很开心，或许鼓励真的很重要。

我相信，今天晚上一定会有个好梦，对吧？我看着那朵玉兰这样想。

第十一章　又遇故人

想把世界送给你
xiang ba shi jie song gei ni

我离职之后，苏沐的编辑变成了夏弥，虽然我又一次亏欠了夏弥。不过我还是庆幸，即便是知道了夏弥的身份，我也觉得让苏沐远离坤鹏是件好事，但不可否认，这给夏弥带来了许多不必要的麻烦。

现在离冬季艺术赛还有一段时间，但对于我而言，也是非常紧迫。毕竟我有着几年的空白期，就算我有天赋，也已经被同龄人甩后面了。更何况，我还不是真正的天才。

昨天晚上，我就给黑子阿姨发了消息，说我要去她那里进行绘画训练。她高兴极了，连忙将地址发给我。

其实这并不奇怪，因为我最开始学习绘画的时候，就是由母亲艾慕儿和阿姨艾黑子共同辅导。

至于我和艾羽为什么随母亲姓，其实原因并不复杂。我的父母都是孤儿，只有母亲有姓氏而父亲没有姓氏，于是我们便随了母亲姓"艾"。

一大早起来，我就急急忙忙地出了门，没想到，这一路堵得厉害。

"咕——咕——"我的肚子叫了起来，抗议着它的空虚。早上急着出门，连早餐都没来得及吃。

"前面就是'六十一秒'了，不知道那里有没有早餐。哎……"我叹息着下了公交车，快步走了进去，门口的铃铛依旧是发出清脆好听的响声。

寒紫还在收拾着餐厅，看见了刚走进来的我，吃惊地问："怎么这么早？"

我笑着点点头，问："有早餐吗？能喝你亲手煮的咖啡吗？"

看来，我已经深深地爱上了这里的咖啡。寒紫每次煮的咖啡都能为我带来不同的感觉，或许，这就是咖啡的奇妙之处吧。

可惜的是，寒紫摇摇头，说："早餐有，但我还没有准备好煮咖啡的材料。所以……"

听她这么一说，心情立刻沮丧了不少，我说："这样啊，那早餐有什么好的推荐？"

寒紫拿过菜单，指着培根吐司面包，说："这款一直都广受好评，还可以配送一杯咖啡。不过现磨咖啡没有了，只能送你一杯速溶咖啡了。"

饥饿的时候也没法挑剔了，而且上学的时候，一直都是喝速溶咖啡。我点了点头，说："就这个吧，快点，寒紫姐，我要饿死了。"

就在这个时候，门口的门铃发出了清脆的声响，一个女孩应声走了进来。

女孩用玫瑰色的发带点缀着自己粉红色的长发，橘红色的运动衫更能体现这个年纪该有的活力。

原来是她！

女孩越走越近，走到我面前时，她开口问："你的画笔光芒哪去了？"

难道现在的人都这么中二吗？拜托，这些奇怪的话我早就不说了。不过，对她，我还真是没办法拒绝。我笑了笑，对着暗语："我从来就没有光芒，只不过一直在等待磨出光芒而已。"

女孩坐到我的旁边，笑了笑："好久不见！黑子老师已经和我说了，你准备参加冬季艺术赛。"

"你的消息真是灵通。"我透过玻璃窗看着外面，无奈地摇摇头，"我就这么不招你的待见啊？零零。"

零零用手指指着我，充满斗志地说："这一次，我绝对不会输给你。"

"是，是，是。要一起吃早饭吗？"我问。

"不用了，和你这个天才一起吃，我怕消化不良。"说完，她就起身走了。

"我可不是什么天才。"我有些莫名其妙地看着她远去的背影，看来还是那么遥远。

可是，这个所谓的遥远已经有了变化。在过去，我们之间的遥远是我单方面碾压。现如今，我画笔的光芒已不像以前那样闪耀了。看来，我也被她感染了，这种突然青春中二的感觉也不赖。

寒紫把吐司面包和咖啡端了过来，嘲笑着说："怎么，又气跑一个姑娘？"

我苦笑着说："寒紫姐，你就别再笑话我了。如果我真那么受欢迎就好了，随便说几句话就能气跑一个漂亮女孩。"

我吃了一口面包，突然又想起零零。

这个曾和白雪平分秋色的女孩，现在应该比以前厉害不少了吧。

虽然她没有什么天赋，但是她的努力是得到公认的。或许我们之间的差距就是这样拉开的。

"哎……算了，我也要开始特训了，肯定能恢复到以前的水平。"我在心里安慰着自己，然后又吃了口面包，喝了口咖啡。果然……很一般啊。

吃过早饭，走出"六十一秒"，太阳已经升入高空了。我看了看手表，已经十点了！得快点了，不然黑子阿姨会着急的。

没想到，已经过了早高峰的马路，竟然更堵了。公路上，不断响起汽车鸣笛声。我开始变得焦急，说实话，若是以前遇到塞车，我很少会去在意，因为不管怎么着急都不会改变现状。但这一次，我变得焦躁不已，始终盯着前方……

终于，我赶到了黑子阿姨画室所在的大厦门前。之前的堵车让我耗费了大量的时间，等电梯实在是太慢，只好拼尽全力跑上楼。

我气喘吁吁地敲了敲画室的门，总算是到了。

"来了——"门内传来焦急的声音，但并不是黑子阿姨。因为这个声音很年轻，和黑子阿姨的声音完全不一样。而且这个声音很熟悉，好像在哪里听过。究竟是谁呢？

直到那个人打开了门，答案终于揭晓了。

一个粉红色头发、穿着橘红色运动服的女孩打开门。

我震惊地说："是你！"

对方也一样震惊地说："是你！"

好吧，怪不得那么熟悉，是零零。

我走进门，东瞧瞧，西望望，始终不见黑子阿姨的身影。

"看什么呢！你来这里做什么？"零零不满地问。

其实，我也在想，零零为什么会在这里？我叹了口气，说："我是来这里上课的，要参加冬季艺术赛，总得磨炼磨炼画笔上的光芒吧。"

零零听到这句话，表情变得恐怖起来。她哈哈大笑，一边笑一边说："原来，你就是我的学生！哈哈，那就让我来好好地磨炼你吧！"

什么？学生？不是黑子阿姨来指导我吗？脑子里迅速闪出了三个问题，我下意识退了两步，然后面部抽搐地说："不应该是黑子阿姨来……"

"别废话！"零零打断了我，递给了我一封信。

"这是？"

"打开看看。"

我迅速拆开了信封，信上的内容是这样的：

零零：

　　真是不好意思，让你来我的画室。事情是这样的，我想要你帮我指导一个学生。放心，他很有天赋。接下来就拜托你了！

　　PS：无论怎么折磨都没关系！越狠越好！

　　一定要让他留下深刻的、难以忘怀的印象！

——黑子　留

我看了信后，无奈地笑道："这……不会是真的吧。"

零零向走前了几步，脸上露出了坏笑："过来吧，我会让你留下深刻的印象！"

"这简直比艾羽生气的时候还要恐怖啊！"我心中怒吼道，"这一定不是真的！我到底是不是黑子阿姨的亲侄子啊！"

零零又走了几步，说："来吧！就让我来指导你吧！"

"救——命——啊！"

……

时间过得很快，在这间画室中，我忘记了时间，忘记了口渴，甚至忘记了饥饿，只是在用心创作着。

傍晚，月亮已经出来了。如果它长了眼睛，就能看到这样一幅场景：

男孩在画室里练习最基本的油画基础——素描。

地上是一张又一张的废纸，男孩脸上满是汗水，手中飞舞的铅笔在不断地画着。

突然，他手中的笔停了下来，应该是完成了。

但是，刚刚完成的素描再一次无情地被坐在他身旁的女孩揉成一团，丢了出去。

不仅如此，女孩挖苦道："画下一幅，这幅一样是垃圾。"

……

这就是我的一天。我苦笑着，指了指窗外，说："很晚了，今天就到这里吧，要不我送你回家？"

零零很冷漠地瞥了我一眼，说："不，再画一幅，否则是无法打造出画笔的光芒的！"

我认命地点了点头，继续用铅笔在纸上飞舞着。看着我已经红了的手肘，就知道有多辛苦，就连手指上的皮也有些磨破了。但我没有任何抱怨，相反，在我的脸上洋溢着幸福，是的，无与伦比的幸福。

渐渐地，手中的画笔似乎有了光芒……好吧，我不犯中二了……

在零零的指导之下，我手中的画笔变得越来越熟悉，仿佛和这支笔融合到了一起。灵魂渐渐融入画中，这支笔似乎有了灵魂一样，任凭它在我手中挥舞着。坐在一旁的零零终于偷偷地笑了，她小声嘟囔着："他终于回来了，你一定很开心吧，慕儿阿姨。"

不过，专注于作画的我，好像没有听到零零的话，而是一心一意地创作。

零零站起来，转身拉开了画室的窗户。

干燥的秋风扑打在我的脸颊上。我转过去看着窗外，楼下的那棵老树在秋风中萧瑟着，几片落叶飘落。

"凛冬将至。"零零看着远方的街灯，无意识地说。她就这么注视着，街灯残影已经带不走她的思绪。

我伸了伸懒腰，看着趴在窗户上的零零，笑着说："是啊，凛冬将至。喂，再不过来会感冒的，你不觉得冷吗？"

零零转过头来，眼睛已经微微发红了。

"你怎么了？"我有些纳闷，想走上前看看。

"要你管！"零零却不给这个机会，她快步走过来，一把夺过我的画。这一次，她终于没把画丢掉。

"怎么样，点评一下吧？"我问。

她笑了笑，说："总算有点进步了，明天我给你放个假，正好我也有事。后天继续，你可别赖账。"

"我怎么会赖账呢？"我哭笑不得，既然已经做出了决定，肯定要全力以赴。怎么大家都担心我可能反悔呢？

"行吧，那我回家了。"

"要不……我送你吧。"

"随你。"

零零的家离这里很近，她便提议溜达着回去。我自然没有任何异议。

夜灯照亮了马路，一路上，她几乎没有说话，我也保持着沉默。在这种时候，沉默和无声就是最好的表述。

"咕——咕——"突然响起了一个奇怪的声音打断了安静。

是从我的肚子里传出来的声音。一直都在练习作画，午餐和晚餐都没有吃，我早就饿扁了。

零零指了指前面的大厦，说："前面就到了，今晚我爸妈不在，你上来吃点东西再走吧。"

一听到吃东西，我的眼中立刻放出了光："真的？太好了，我都快饿扁了……"

零零笑了笑，在夜空之下，粉红色的长发愈发迷人，微微发红的脸颊也显得更加可爱，只不过这个橘红色的运动衫成了最大的败笔，不过也遮盖不住她的美……

终于到了零零的家，外面又下起了小雨。

"进来吧。"零零打开屋门招呼道。

我走了进去，随意打量了一下。装修得很豪华，却感受不到一丝温暖，或许是因为太冷清了。

零零换了鞋后，走进厨房，说："你自己随意吧，我先给你做晚饭。"

我点点头，心里充满了期待。都忘记多久了，我好像很长时间都没吃到别人做的晚饭了。自从母亲去世、黑子阿姨退休后，我都是一个人照顾妹妹。

零零的晚餐做得很快，也很简单。但依然挡不住我风卷残云的架势，还被她嘲笑了一通。

晚餐之后，我便离开了。回家的路上，我一边走一边想着继续努力的方向，毕竟我手中画笔的锋芒已经钝了不少。

秋风夹着雨滴，愈发冷了，雨也大了起来。还是先找个地方避一避雨吧，要不又得淋成落汤鸡。

刚找到一个避雨之处，雨就"噼里啪啦"地下大了，天空很快就像泼墨似的。我躲在屋檐下，看那空中的雨仿若一面大瀑布！一阵秋风吹来，这密如瀑布的雨就被吹得如烟、如雾、如尘。

这样的画面真的很美……如果有笔的话，我一定会将它画下来。

雨稍微小了一点后，我连忙赶回了家，身上还是不可避免地湿透了。

打开门，迎接我的果然又是满地的垃圾。

"我说啊，艾羽你也该学会整理了。"我老生常谈。

"不是有你吗？"

"我不可能陪你一辈子啊，我总要去其他的地方啊。"

"这么说，你是准备去纸鹞了？"

"我……"我心中一惊。

艾羽跑回房间，狠狠地将门一摔，大吼：“你和那两个人有什么区别！”

我站在原地，愣了很久，只剩下一个乱糟糟的客厅和孤零零的我……

不论选什么都是错的！原来我已经没有了选择的权力了，难道就要放弃这次冬季艺术赛的特招生的名额了吗？

雨，似乎变大了……

第十二章　找寻过去的自己

艾羽的反应，其实我早就猜到了。但对于已经决定了的事情，我不会轻易放弃。自己选择的路，跪着也得走下去！

秋天的夜晚，城市变得很凄凉，就连树叶都缓缓飘落到每一个角落……

我走进艾羽的房间里面。看见艾羽抱着我送给她的爪哇熊的抱枕，把头紧紧地塞到抱枕的怀里，乞求找到一点儿温暖，哪怕只有一点点。

她的心已经开始枯萎了。

那颗心里有座空寂的村庄，村庄的井里装满了沉积的、陈旧的泪水，对里面呐喊的话，就能听到陈旧的声音，交织着陈旧的影子，也孕育着各种纠葛的情绪——陈旧的生命最终编织出黑色的太阳和浑浊色的天空。

寂然又无生机的村庄口，有一匹孤单的、瘦弱的老马。它代替所有的离人与逝者，用温润的眸子，无声地守望着这座寂静的村庄。在它身后，所有存在过的时节都会消失。

你是老马。你也是城。

但是空了的村庄还会保持美丽吗？没有了你的拥抱和庇护，真能在这嘈杂的人世间活下去吗？

逐渐，泪水为世界加上了一层薄纱。

"为什么，你们都要离我而去。难道就因为我没有才华吗？"艾羽喃喃地说。

"艾羽，我……"我想说些什么，但我知道，现在不论说什么，她都听不进去。我叹了口气，摸了摸她的头，转身离开了……

被雨淋了、又担心艾羽，我躺在床上睡得很不安稳。

深夜，我感到身体透骨奇寒。我迷迷糊糊地睁开眼睛，从床上爬了起来，看着窗外。

瑟瑟的寒风呼呼刮过，吹起了地上的落叶，各家窗户紧紧地关着，似乎人们都不欢迎"威风凛凛"的寒风。街上早已空无一人，只有寒风在街上徘徊。

"真是冷啊，冬天已经来了吗？"

其实，距离冬天还有一段时间，不知道为什么，今天就是特别的冷。

迷迷糊糊地，又躺回床上，继续睡去。再睁眼时，天光大亮。

"也不知道艾羽怎么样了？"我还是担心着艾羽。随手拿起了手机，想看一眼时间，谁知刚打开手机，就看到99条未读消息的提示，竟然全是苏沐的。

"你真要去参加冬季艺术赛吗？不要骗我啊。"

"你现在已经准备好了吗？"

……

我看着这些信息，顿时就没有兴趣看下去，把手机重新放回了桌子上。看来她比白雪还要关心我是不是重拾画笔。

起得有点晚，我先去做早餐吧。要不艾羽起床后又要闹了。

刚打开房门，却看见艾羽已经在餐桌前面坐好。今天，她还是穿着那身居家服，和昨天没有区别，可给我的感觉却有了很大的变化。我仔细一看，原来，不同的是艾羽脸上的表情。

艾羽的表情如同绽放的花朵，大放异彩。她笑着说："哥，你起晚了哦。还叫我早点起床，你自己不也懒床？"

我无奈地看着她，然后又紧张地问："现在几点啊，不会睡过头了吧。"

"你自己看。"艾羽拿起闹钟，指针指向了七点。

我被吓到了，爱睡懒觉的妹妹竟然这么早起床。今天是太阳从西边出来了吗？还是她吃错药了？

"艾羽你没发烧吧。"我伸出手，想摸摸她的额头。

"怎么会，我是想让你没有负担地去纸鹞啊。"艾羽突然像换了个人，突然间变得懂事起来。果然没有我在的日子，她会很孤独吧。就好像我初中那年离开，艾羽去异地读书的时候很相似，想必那时候的她一定很伤心。

我笑了笑，说："我现在就去做早餐吧。"

艾羽摆摆手，一脸无奈地说："不用了，我已经做好了，就放在厨房里。"

"你……你做了早餐？"我更吃惊了，甚至开始怀疑这是不是我的妹妹了。

"不然呢？快点，一会儿就凉了。"

艾羽拉着我走进厨房。我简直不敢相信自己的眼睛，看着这么丰盛的早餐，惊讶地说："你什么时候会做这些东西了？"

"我们都会成长的啊，你会我就不会吗？"艾羽挺起胸腔，骄傲地说。

今天的早餐十分美味，在我的心里刻下了一个无法抹去的印记，或许……艾羽真的长大了。

可是，我刚想感慨一番的时候，却看见垃圾桶里的外卖单子。我在心里叹了口气，好吧，果然不可能……

我刚想斥责艾羽撒谎的时候，又把话咽了下去。我当然知道，艾羽这么做，是为了让我放心，那……这一次，就当没看见吧。这是一个善意的谎言，有时候，谎言也有好的作用。

我们生活在社会里，不可能不撒谎。为了生存下去，我们都给自己加上了一层看似完美的面纱，谎言是为了更好地在别人眼中活着，也有的是为别人而说出的善意的谎言。

无论哪一种，就算是现在带来了好处，最后也会变成不好的……因为一个谎言就需要一百个去弥补、去挽救……虽然如此，人们还是会这么做。

吃完早餐后，艾羽一直坐在沙发那边看着我。我感受到她的目光，又不知道该说些什么，所以有些尴尬。

"哥，我觉得你应该去做你想做的事情。"艾羽坚定地说。

这句话把我吓得不轻，无论如何，我都没想到艾羽会这么说。

"你到底是怎么了？"

"我想通了，你就去做你想做的，我也会照顾好自己。或许，我可以考虑一下重新去学校。"

"你……"我刚想说些什么，又咽了回去。我知道，艾羽不过是在强撑，但我也不会说些什么。因为没有意义。

今天似乎没有那么冷了，可能是我的错觉吧……

距离冬季艺术赛仅有十五天了。

我接到了城空的电话。很奇怪，他是怎么找到我的手机号呢？

城空邀请我去一个地方，并且要帮我特训。

这么说来，应该是夏弥出面，拜托城空来训练我。正好零零没空，总算是有人来训练自己了。也算是一件好事吧。

到了约定的地方，我看了一下，这个画室很普通，普通到不能再普通，只有一个简单的画架。实在是不敢恭维啊。

"你来了。不好意思，这里有些简陋。"城空从里间走了出来，招呼道。

"没关系，我们可以开始了吗？"我耸了耸肩，表示无所谓。

"当然，不过我得先看看你现在的水平。"

"水平？"我有些奇怪，问："我要怎么做？"

"当然是画画了。接下来就看你的了，为了营造安静的氛围，我去里间，你画好了就叫我。我先去给你拿工具。对了，限时五个小时。"说完，城空大步走进了里间。

我不由有些好奇，里间究竟有些什么东西。不过，现在已经没有时间去想了。

画画？

油画的灵魂就是颜色，但是调色需要花很长时间，限时五个小时作画，想要晾干油彩都有点来不及啊。

很快，城空拿出了一套齐全的绘画工具，就连颜色都已经调好了，都是我曾经最常使用的。看来，他是早有准备了。他说："接下来，就看你的了！"

"好，交给我吧！"我接过这些老朋友，说实话，我已经很久没有碰过了。

把画箱、画架、画桌、画凳、画伞、画笔、画刀从里面拿了出来，似乎是给记忆打开了尘封多年的封条。

我想要把自己的感情全部注入这幅油画当中，让这份感情永远存活在人世间，所以才这么小心地刻画着这幅无比珍贵的作品。

我想要给这幅画取个名字：Braveshine

勇敢之光，因为给了我重拾画笔勇气的人是夏弥。

我小心地临摹着油画的风景，然后用大笔刷，把油画背景铺上一层淡淡的黑色。

接着用大笔刷把深色部分刷上去……然后在画布上铺上一层浅一点的颜色……用中等笔刷，画出建筑物。然后再画人……当然，这个人就是夏弥，她手中拿着一个火把，将无尽的黑夜照亮，驱散了所有的不幸、恐惧以及其他不好的情绪。

在月光下，一个女孩拿持火把，照亮无尽的黑夜。那个发着微微光亮的火把，其实是自由的向往，无论是艺术境界，还是艺术手段都是一流的。尤其是光线和色彩的对比，和互相衬托的美感力量。

……

时间过得很快，夕阳都已经蔓延到天边了，红色已逐渐吞噬了蓝色，云朵似乎被烧起来了。建筑物的影子从那头跑到了这头，这座钢铁城市变得美丽起来了。

过了良久，城空自己都坐不住了从里间走了出来，问："画好了吗？"

"嗯。"我点点头。

城空仔细掂量着这幅油画，笑着说："里面的女孩是夏弥？"

我仔细看了看城空的脸，毕竟这是他喜欢的人，如果画得不好，不知道他会怎样呢？

"你竟然把作品名也画进画中了，不过比赛中这种事情就别干了，总体不错。不过，坦白说，和以前差远了，只能算不错，这幅画有灵魂，可就是不如从前。"

差远了？虽然我知道将作品名画进去是很蠢的行为，但我认为它对我拥有的意义非常大，所以我必须画上。只是，究竟欠缺了哪一方面？

我想了想，还是没想明白，说："请明示。"

城空指着人物边缘的线条，说："你看，用笔勾画的线条，油画勾线一般用软毫的尖头线，但在不同的风格中，圆头、校形和旧的扁笔也可勾画出类似中锋般的浑厚线条。而你的线不够强硬，少了点什么呢？我想想……应该是决心。"

"决心？"

"嗯，还有，用来衔接两个邻接的色块，使之不太生硬，趁颜色未干时用干净的扇形笔轻轻扫过就可达到效果。也可在底层色上用笔将另一种颜色扫上去来产生上下交错、松动而不腻的色彩效果。而这个却显得非常腻，有些生硬。"

"果然是这样，哎……"听了城空，我多少有些沮丧，也有些佩服。他一针见血地指出画中出不足，足以见得他的优秀。

"没关系，还有时间。今天就这样吧，你也累了，早点回去休息吧。"

"嗯。"我点了点头。

就在这时，我的手机响了。是零零的信息，说现在她忙完了，可以继续帮我进行训练。

"零零？她也是一个不错的老师。"城空也看到了，笑着说。

"嗯，现在我能捡回多少算多少了。"

"你可别这么说，毕竟你是'神之手'，所以这点小困难一定能跨过去。"

我有些不开心，因为他总是把事情和我的父母扯上关系。我摆了摆手，说："好了，时候不早了，我先走了。"

……

傍晚七点，我已经来到黑子阿姨的画室。画室里陈列着许多的艺术品，琳琅满目，对于追求艺术的人来说，这就是天堂！

"艾翼，这样的作品拿去参赛你是想丢人现眼吗？"零零指着我刚画完的一幅素描说，这种恨铁不成钢的心情，很容易理解。

我也知道，这样的水平根本达不到参加比赛的水准。"但是……去试的话还有机会，如果轻易就放弃的话，什么都没了！别忘了……我可是天才，现在为什么要我放弃？"

零零转过身去看着窗外，没再说话。

我捧着那幅画仔细地看了又看。

"难道我……要放弃了吗？"我又无意识地重复了一遍。

零零听了之后跺了跺脚，狠狠地说："你不是天才吗？难道这点困难都跨不过去？你……明天给我早点过来，我给你进行魔鬼式训练！"

"这……真的有用吗？"

"我的话你还不信？"

拖着疲惫的身体，走在回家的路上。今天的夜空似乎没有星星。路灯都被打开了，照着这一条笔直的路，让这条路上充满光芒。走着走着，我停下脚步，看着远处几棵枯黄的老树。

我在训练了一天之后，总算是可以休息了。

打开家门，我以为迎接我的又是满地垃圾。没想到，看见的是艾羽坐在饭桌前等着我，客厅极其整齐，没有一点垃圾和凌乱的痕迹。

"回来啦，快来吃吧。"看到我进门，她连忙招呼。

这样的感觉让我还真有些不适应，我说："知道了。"

我依旧在想着自己的画，就连这眼前的食物都失去了色彩和味道……

过去的颜色逐渐浮现在眼前，就好像一部黑白电影。时间永远不会停下来，会止步不前的只有我们……一转眼，现在就成了过去，要是不想荒废掉青春的话，那就好好努力吧！

第十三章　笔　尖

想把世界送给你
xiang ba shi jie song gei ni

一个画室里，两个人在讨论着一些问题。

"你认为那个孩子还有可能胜出吗？"一个满头白发、衣冠楚楚的老人在沙发上喝着茶说，他时不时地捋一下胡须，虽说他留着胡须，但被整理得很干净，没有一丝杂乱。

"我觉得不可能，他放弃那么久了……"一个妇女站在窗边，微笑着说，虽说是微笑，眼角似乎还有一点忧伤。乍一看，艾翼和她有些许相似的地方。

"你不是说他是天才吗？"老者盯着窗外的风景，似乎在守望着什么。他的瞳眸始终有着一些什么东西。

"天才？他曾经是，现在的他……我已经听城空和零零说过了，现在他的水平只是勉强能看而已。"

"勉强能看？"那位老者又喝了一口茶，最终还是叹了一口气，"如果我说我相信他呢？"

"您？但是，他并不是姐姐，他可没有姐姐的天赋。"

"没关系，我相信他。我亲自去推他一把吧。"

"您要……栽培他？"

"没错。"

妇女露出了一丝的惊讶，带着些许的不解，说："但是，现在只剩下没几天的时间了，就算是您也……"

"我最喜欢的就是把不可能化作可能，对了，那个叫苏沐的女孩你觉得怎么样？"老者放下了茶杯，看着妇女认真地问。

"很有天赋，并且功底扎实，我认为现在的她胜出的概率比艾翼大得多。"

"那，我们来打个赌吧。我赌艾翼会胜出，你就赌苏沐吧。"

"这种毫无意义的赌注，不用想都知道，他赢不了。"

老者的眼色越发锐利，似乎有着必胜的姿态，说："那我加点赌注吧，你姐姐的那幅《害怕》。"

"那，我就应下了。"

"那你就不下点赌注吗？"

"反正都是我赢，那我就赌一个《春天之梦》吧。"

"好，一言为定。你这家伙别食言了。那幅作品我可是一直想要的。"

"老师你才是，不要食言了！"

这个时候窗户被打开了，冷风吹了进来，吹凉了杯中的茶，也带来了冬天的味道。

"凛冬将至。"

"是呀，凛冬将至。"

……

秋风吹拂着我的脸颊，今天，我依旧早起，准备继续磨砺自己的手，虽说可能有点晚了。但是，有人曾对我说：任何人在任何时候，努力都不会晚，你的努力会在将来的某一刻回报你。

现在我已经能放心的专心绘画，艾羽能照顾自己了，或许是她强撑出来的，但是……艾羽的举动让我有了极大的动力。

又到"六十一秒"的门口，伴随着清脆的铃铛声，我走了进去。

这几天，寒紫已经习惯了我早晨来店中喝一杯咖啡，所以她会提前准备好。

"早啊，寒紫姐。"我面带微笑，伸手跟寒紫打着招呼。

"怎么？有事找我？想要搭讪吗？"寒紫打趣道。

"寒紫姐，你就别逗我了。"我有些无语，这个寒紫姐，总是这么没正行。

"好了，不逗你了。给你咖啡。"

她为我端上来一杯咖啡，白和黑在一个小小的容器里面交错，就好像一幅凌乱的画，里面有着制作者的思绪，非常美丽。

我端起杯子喝了一口，咖啡的香味在舌尖点燃。寒紫姐的咖啡一如既往的美味，泡出醇香的咖啡，应该也是需要很多次练习吧。

"寒紫姐，今天的咖啡和以往一样好喝。"我称赞道。

寒紫一愣，摇着头说："不可能啊，我明明故意加了苦。"

"咖啡没有心情，有心情的只是人而已。咖啡是心情好时喝的饮料，所以唯有在心情不错、想看蓝蓝的天时才能品尝出咖啡的香醇和美味。"

"你啊！得了得了，还不去画室吗？"

"那……我走了。"

我走出了"六十一秒"，赶到了画室。画室和往常一样冷清，我礼貌性地敲了敲门，说："零零，在吗？我进去了啊。"

打开门后，却没看见零零，而是一名老者在那儿站着。是……白一鸣！

"您怎么会在这里呢？"我有些吃惊。

"当然是来教导你，帮你取得优胜，你真认为那个小丫头能帮助你胜利？"

"我知道！但是，如果是您来指导我的话就免了吧。"

"为什么？难道你自己有什么方法吗？"

"没有，不过……我依旧可以说一句：因为我是天才。"

白一鸣一愣，然后对着我大声呵斥道："一味地固执，一味地自以为是，你已经披上了傲慢的外衣了……天才？你已经不再是了……这样的作品，根本就是……就是垃圾！你曾经在高阁上看着艺术界，但是现在的你已经没有站在高阁上的权利了！其实你早就浸透了自己！你一直都在夸耀自己的伤口！天才？现在的你不配！你一直都只想轻而易举地取得胜利！这不可能！"

听完这句话，我有些不知所措，因为我从来没有见过白一鸣这么激动过。

不过这些话真是句句在理，现在的我，早就不能称为天才，有着几年空白期的我，怎么可能在高手如云的冬季艺术赛中轻而易举地获得纸鹞特招生的名额呢？

我缓缓地握紧了自己的拳头，眼神里面充满了不甘！如果现在这样就放弃了，那就真的什么都没有了。所以还是需要他的帮助。

"请前辈赐教！"我对着白一鸣深深地鞠了一躬。

"嗯，起来吧，我来指导你！首先我先来看看你的笔尖。"

"笔尖？"我站直了身子，有些摸不着头脑。

"接下来你就知道了，我来给你特训。"

……

夕阳西下，大地沐浴在余晖的彩霞中，人们三三两两地在街道上漫步。在一棵树下，我拿着铅笔和画板在台阶上坐着，遥望那远在天边近在眼前的夕阳美景。

真没想到，白一鸣竟然让我在外面练习，自己却在里面休息，哎……汗从我的脸上滑落，衣服早就湿透了，头发也耷拉下来。明明是秋天，怎么还会觉得热，真是奇怪，季节的变化和人的情绪一样，这么不稳定。

这时，一只纤细、白嫩的手向我伸过来，手上还抓着一瓶可乐。

"渴了？这个给你。"

"哦，谢谢。"我连忙接过了饮料，我甚至不知道这是谁递过来的，但口渴之下我也不顾上了。我拧开可乐，猛喝了几口后才抬起了头，看见了宝石一般的瞳眸。我吃惊地说，"苏沐？你怎么在这里？"

"刚好路过，看见你在这里练习，很辛苦吧？"

"是啊！很辛苦。"我把可乐放在了一边，苏沐在一旁静静地看着我。

说实话，如果有人在我旁边看着，我什么东西都画不出来。但这一次，我没有这样的感觉。画板上是一张素描，一栋建筑物的素描。光与影分配得很合理，立体感也能突显出来，尤其是阴影部分非常完美。完全重现了当时的风景。明明只有黑白两色，画面中的夕阳却能完美地表现出来。

"这个夕阳是怎么画的？"苏沐忍不住问道。

"你看不出来吗？"我有些奇怪地问，看苏沐摇摇头，我解释说："在边上画上云的阴影，然后躺倒画笔铺满天空，主要把太阳衬托出来，然后用手指在云彩阴影处擦拭，这样，显得很有层次感。"

"哦，还可以这样啊。"苏沐恍然大悟道。

"我还没有说完。还要在地平线下方，最好画上一些花草，最重要的是要把太阳底下露出大片的空白，这个地面是起到衬托作用，从光线最浅到颜色加深。这样才能把夕阳的感觉表达在纸上。"

"我懂了。这是为纸鸢的特招生入学考试训练的作品吗？"

"不是，这只是随手画的而已。"

正在苏沐看入迷的时候，我突然站了起来，吓了她一跳。我有些不好意思地说："不好意思，我该给白一鸣前辈看看了。你呢？"

"我？我还是先回去吧。"

"那你路上小心。"

苏沐微微低下头，说："嗯。"

"那我先走了。可乐……谢谢你了。"我对着她笑了笑，但苏沐不知道我那是礼貌性的微笑还是发自内心的，毕竟在她的眼中，我就是一个看不透的人。

白一鸣仔细地端详着我刚画完的这幅画，随后将画轻轻地放在桌面上，生怕弄坏它。他说："恭喜你，总算是能看了。"

我拿起画，指着云问："这里不是有点毛病吗？"

白一鸣笑出了声，说："这幅画的着重点不在那里，所以根本不用那么在意，不过你能注意到就是好的。"

"我想要把那里弄好，前辈，您能帮我吗？"

白一鸣一下子变得严肃起来了，说："你想把这幅画弄得一点瑕疵都没有？你还是那么狂妄呢，这一点真不讨人喜欢。"他把这幅画从我手上接过，面带一丝不屑地说："简单地说，把作品画到优秀也就行了，你再改良也就是更优秀，或是变得更差，天衣无缝是不会存在的，然而有些白痴总想着把自己的作品弄得天衣无缝，但这不是每个人都做得到的，与其在这幅画上浪费时间，不如对下一幅画进行更好的构思。所以，优秀的作品被保存，而更优秀的作品被收藏，但是没有瑕疵的作品，没有意义。"

说罢，下一秒他就把我的画撕得粉碎，然后扔到垃圾桶里面。这是一个对创作者非常不尊敬的行为。我握紧了拳头，果然，如果只是这种水平的画，根本就不能称得上优秀，就算是明白，也还是免不了难受。

"我懂了，前辈。"我向白一鸣深深地鞠了一躬。

"果然，你和慕儿一样有趣，换别人早就生气了，你还能沉得住气。"

"前辈，我希望我们的谈话中，不要再出现我的父母。"

"尽量吧，你和你的父母实在是太像了。"

"接下来的训练什么时候开始呢？"

"嗯……让我想想。那就趁热打铁吧。"

一个小时，两个小时。一天，两天。一周，两周……

我的笔在不断挥舞着，颜料不断的在纸上绽放，一点两点……很美，也有着一种奇妙的感觉，总觉得少了一些什么东西。

时间过得很快，天天高强度的训练，我已经累垮了，但仍然在坚持。

我的训练总是从早上到晚上，从周一到周日，从室内到室外。

白一鸣的素描、调色、上色、描边等指导，现在的我，已经无限接近过去的自己了，但即便如此，也是有着几年的空白期。我知道自己不能放弃，因为我没有输的资本。

现在离冬季艺术赛只差一天了，在那段疯狂找回曾经的日子里，不论是画箱、画架、画桌、画凳、画伞、画笔、画刀，对于我来说已经开始逐渐熟悉了……

就如同十年没见的老朋友，再次相逢，充斥着最多的就是陌生。

又是在黑子阿姨的画室里。

"艾翼，这样的作品拿去参赛你是想丢人现眼吗！"白一鸣指着我刚刚画完的那幅画说。

"前辈，我难道真的没有一点希望吗？"

"你要记住，希望一直都在。但如果要将希望变成现实，需要的是你的努力。"

"那……我该怎么做？"

"接下来就看你的了，对你有帮助的东西都已经教给你了，也是你现在能够全部接受的。"

"看……我？"

"对！去重新告诉世界，你是天才！"白一鸣拍了拍我的肩膀。

白一鸣的手竟然有着一股力量，激励着我。我说："前辈，您不是也说，我并不是什么天才。"

"不！你就是天才，只要你肯去做，你就是天才。在训练的这段日子里，我发现你不够坚决，缺少了什么东西，究竟是什么呢？你自己考虑吧，要记住一句话，有得到必定会有失去。"

我低下了头，不知道该说些什么。

"我先走了，明天我还要去当评委呢。早上九点开始，中午十二点结束，下午两点开始，下午四点半结束，比赛持续三天，把握好时间。"

随着清脆的关门声，整个空间都安静了下来，什么都听不见，什么都看不见了。

我显然还有迷茫，外面的风也似乎急躁了起来。

难道，就没有第三种选择了吗？

人生就像一道判断题，只有两条道路，对，或者是错。选择了对的，错的也不一定就是错的；选择了错的，对的也不一定是对的。或许就是那么拗口，但这就是事实。

正因为我们活在现实，所以才没有热血漫画中的英雄更没有那少女漫画里面传奇一般的邂逅。

果然，第三种选项是不存在的。

第十四章 最后的决断

想把世界送给你
xiang ba shi jie song gei ni

我怀着沉重的心情回到了家，明天就要去考试了。我并不紧张，可有更重的包袱在我的身上，我不得不扛着。那就是——艾羽。

　　我一直在她面前扮演着完美兄长的角色，给予她一丝家庭的温暖，可在我走后，艾羽可以独自生活吗？

　　尽管艾羽迟早会和我分开，可是……艾羽现在这个样子，我还真是苦恼了许久，就如同白一鸣前辈说的：有得到必定会有失去。

　　难道真是这个样子吗？

　　"哥，你回来啦。"

　　我有些不舍，不知道该说些什么。最后，我低下头，说："艾羽，你真能一个人生活吗？"

　　"你说什么？"

　　"我是说，如果我真的去了纸鹞学院，那你呢？"

　　"我……"艾羽避开了我的视线，缓缓地低下了头，她微微咬了咬自己的嘴唇。

　　"能别避开我的视线吗，艾羽？"我发现地板上有了水珠，是从艾羽的眼中滴下的。我狠了狠心，继续说："我真的可以去吗？就像那两个人一样抛弃一切。"

　　"能别说了吗？"艾羽甚至带着一种恳求的语气说，随后就回到了自己的房间，沉重的关门声传进我的耳中。

　　"哎……我就不应该说。"我轻轻地叹了一口气，又出了家门。

　　秋冬交替，我在昏暗的街灯下走着，漫无目的。

　　风从街头吹过，有些冷，但是我心里更冷，甚至没有了希望。

　　生活就像是一片天，理想、能力、情感、生命，这四根柱子就支持着这片天，倒了任何一根柱子，这片天都会塌下，然后这个人就死了。或许不是生理上的死。

　　现在的我完全不知道自己能干些什么，明明理想就在眼前，可是因为你的腿被一根你最喜欢的绳子给绑住了，只有两个选择，放弃理想，或是舍弃那根自己喜欢的绳子。

我就这样如同行尸走肉一般走在街头，没有任何想法，或许是我已经不想再去想什么了。

不知不觉，我走到了"六十一秒"。还是决定进去喝一杯咖啡。

"丁零零……"门口处的铃铛又传出了声响，不知道为何，这一次我觉得这个铃声很吵。

"不好意思，本店现在打烊了。"寒紫低着头在柜台前忙活着。

"是么，那我还来得真不是时候……"想不到，在这里我也是个不速之客。

寒紫缓缓抬起头，看着显得有些狼狈不堪的我，连忙说："你怎么来了？这大晚上的，怎么了？"

"不欢迎我吗？"

"当然不是！对了，我给你倒杯咖啡吧。"

"嗯，谢谢。"我点了点头，外面太冷了，我急需一杯咖啡让我心里得到一点点温暖。

"哎呀，咖啡不够倒满一杯，算了，两种咖啡混合在一起吧。"寒紫一边忙活一边说。

"这不会毒死我吧？"我叹了口气，吐槽道。

"放心吧。"很快，她就端了一杯咖啡给我。

喝了一口，觉得这杯咖啡像白开水那般平淡，没有任何的滋味。

"你怎么了？"寒紫看出了我的不正常，问。

"没什么。"我不想说。

"别撒谎了，一个看起来忧心忡忡的人还说'没什么'，让我来猜猜，是因为艾羽吧？"

我有点震惊，我知道寒紫是很敏感又厉害的人，可没想到这都能看出来了，吓得我脸上的肌肉都有点不自然地抽搐了一下。

当然，这也被寒紫看在眼中，她笑着问："怎么，惹她不开心了？"

"或许吧。"我叹了口气。

"等等，你会惹艾羽不开心那还真是少见，难道……是因为纸鹞？"

"寒紫姐，你是会读心术吗？"

"读心术什么的都是不存在的，或者是不能存在的，那样一来，我们不就都没了隐私！"寒紫白了我一眼，说。

"寒紫姐，你说我该怎么办？"

"这我可帮不了你，这不是我能把握的。这个要看你。"寒紫用手指着我说。

"看我？"

"对！就是看你。"寒紫拿起了一个杯子和一个勺子，"如果让你选择，你会选择哪个？"

"当然是杯子。"

"为什么？"

"因为，杯子可以装咖啡，虽然这样加砂糖不方便，搅拌也不太方便，但至少能喝到咖啡。也没什么不好。"

"不过，我有个疑问，为什么，你只会选择一个？"

"不是你让我选的吗？"

"我又没有说只能选择一个。"

"寒紫姐，你……"

"这个就交给你考虑吧。"

"选择一个，还是全部都要。"

"如果可以的话，我当然想全部都要。"

"那就好好考虑一下吧，考虑第三个选项，不仅限于对或错。"

我低下了头，笑着说："果然，和寒紫姐聊天很有意思。"

寒紫在旁边笑了笑，看着被她见证着成长的我。虽然这么说，但寒紫比我大不了几岁。

"丁零零……""六十一秒"的铃铛又响了起来,这一次似乎没有那么难听了。不过这铃声打断了我们的谈话。

"不好意思,本店打烊了。"寒紫走过去打着招呼。

"那真是不好意思了。"

这个声音非常熟悉,我猛然抬头,宝石般的瞳眸再一次映入我的眼中。我惊叫:"苏沐!"

"艾翼?"

寒紫姐看着我们笑着说:"本店打烊了,请两位客人出去聊吧。"

我有些无语,但无奈之下,只好和苏沐走出了"六十一秒"。

"明天你准备好了吗?"苏沐问道。

"我?"我指了指自己。

"废话,除了你这里还有谁。"

"额……你旁边不是还有一个人吗?"我有些奇怪地说。

"真的?你别骗我?"

"真的,你们刚才不是一起走进去的吗?"我一本正经地胡说八道。

苏沐显得非常紧张,反而有些可爱。看着她这副样子,我笑出了声:"算了,算了,不逗你了。"

"你!"她怒目圆睁,气鼓鼓的模样。

"好了,我该回去了。"其实我不想谈考试,才想到这么个招数逗逗她。

苏沐却拉住了我的衣角,脸有些微红,说:"不……不行。"

"又怎么了?"

"你得送我回去。"

"为什么?"

"你刚刚吓到我了,这样我怎么一个人回去啊。"

好吧,自己挖的坑,自己得填回去。我说:"好吧,我送你回去。你害怕就不要一个人走夜路啊。"

"我不是走夜路，是散步找不到回去的路了。"

"你是有多路痴啊……"我有些无语。

"所以，你得送我回去。"

在苏沐的英明指导下，我们走了将近一个小时，才找到她的家。并不是她家有多偏僻，而是因为她是个超级路痴。尽管我去过苏沐的家，但苏沐的路痴似乎会传染，到后来我都不知道往哪儿走了。

"你找不到回家的路，就不要乱走，幸好今天你碰到我了，要是没碰到我难道你还要求助警察吗？"我不免唠叨起来。

"我知道了。我其实是傍晚去散步，然后……对了，你一定要赢啊。"

我不知道该怎么说了，明明不想再谈论考试的。

告别了苏沐后，我又陷入了沉思。其实和苏沐在一起的时候，我很开心，因为我从第一眼起就对她产生了朦胧的好感，她身上有一种独特的气质吸引着我，或许这就是一见钟情吧。可是对白雪和夏弥，究竟又是什么情感呢？

我又想着苏沐的那句话：你一定要赢。我忽然想起了曾经的一次比赛。

那时候，也是参加一场油画比赛，艾羽还小。妈妈带着艾羽来看我的比赛，可比赛过程中，艾羽却毫无征兆地哭了起来。这个哭声影响了所有人作画。工作人员看着抱着孩子的妈妈。也不好赶出去，只好眼睁睁地看着。

"这个小孩真吵。我都没办法作画了！"

"真是的！怎么允许小孩进入赛场？"

周围和我一起参赛的选手都在抱怨着。

听到这些话，我心里很不舒服。艾羽的哭声明明给我带来了灵感，怎么在他们耳中就成了噪音呢？

那是我第一次提前画完了作品，因为我看见艾羽的目光一直都在看着我手中的笔。画完后，我就将笔递给了艾羽，想借此转移她的注意力。

没想到，她真的就不哭了，之后，她说出流利的一句话："你一定要赢。"

"啊！我会的。"

这是我和艾羽第一次流利的对话……果然还是放不下啊！

回到家之后，我的情况似乎不是很好，栽倒到床上就睡着了……

疲倦感把我吞噬，让我睁不开眼睛，头昏昏的。我有些难受，但只能躺在床上。伸出手，拿过放在桌子上的体温计，塞在自己的腋下。

过了一会，拿出了体温计，一看，39摄氏度。果然发烧了。

发烧的滋味真不好受，脑袋里混沌一片，头也很晕。

"不行……今天还有比赛呢。"当我说出这句话之后，也愣了一下。

比赛，果然我还是想去。可是……或许发烧就是命运的安排，或许我就不该去纸鹞。

顺应命运，也是一件不错的事情。

就在这时，艾羽打开我房间的门，看着躺着床上的我。她走过来亲切地问："哥，你怎么还不起床？"

我躺着那儿，没有出声，指了指旁边的温度计。

艾羽拿起来看了看，知道我发烧了，着急地说："怎么办，哥，你还有比赛呢。"

"我还是不去了吧。"

"为什么？"

"我不想去了。"

"不行！我马上去找药，你给我等着。"

我无力地看着窗外，很快，艾羽拿着药回来，让我服下。

"哥，感觉好些了吗？"

"嗯。"我点了点头，瓮声瓮气地应着。

"那……我们去赛场吧。"

"还是算了吧，我不想去了。"说到这里，我低下了头。

"不行，你必须去！就这么打算放弃了吗？难道你想等老了再去后悔吗？你会后悔的，我……我不想你后悔。"

"可是……你怎么办？"

"你不用管我，我已经长大了，有些事情我自己能做。所以哥……你去吧，就算是失败了也无怨无悔。这一次，我不会阻拦你，而是支持你。哥，其实你就像一只可以在属于自己的天空翱翔的雄鹰，只是为了保护一只雏鸟就放弃了飞行，你只要愿意，就能飞起来。"

我猛然抬起头，看见了艾羽的笑脸，虽然眼角还带着眼泪。我伸手将她的眼泪擦干。

我突然想起寒紫的话：考虑第三种选项，不仅限于对或错。

果然，我还是想去……

有些东西，会让你用眼泪哭；有些东西，会让你埋在心底里哭；有些东西，甚至会让你整个灵魂哭。

我摸了摸艾羽的头，从口袋里拿出了画笔，然后笑着拉起艾羽的手，把这支无比珍贵的画笔放在了她的手上。我说："不知道你还记不记得，多年前，我用这支画笔许下愿望，让你停止了哭泣。现在……我依旧在这支笔上许下愿望，让你再也不会哭泣，永远笑着生活。"

我将艾羽搂入自己怀中，想让自己许下的愿望快点实现。不过这一次艾羽没有停止哭泣。

我们紧紧相拥在一起，似乎时间都不想继续走动了，画面停留在这个温馨的画面中。

"我会去的，你放心吧。"我笑着说。

"一定要赢啊！"

"嗯，我会的！"

我曾经就说过，我是非赢不可，所以我一定去参加考试。

第十五章　总算赶上了

想把世界送给你
xiang ba shi jie song gei ni

"对了，今天是小艾比赛的日子，要不我们去看看吧。"夏弥提议道。

"什么比赛啊？"山哥看着夏弥有些懵。

"艾翼报名参加冬季艺术赛了，还有苏沐。"

"他和苏沐？他会画画？"

"你可别这么说，艾翼的艺术造诣比苏沐厉害多了。"

"那好吧，我看看今天有没有票了。"山哥打开手机，遗憾地看着屏幕上"无座位"三个字，说："票都没了。"

夏弥把山哥的手机抢了过去，操作了一通，说："后天还有票，刚好是出结果的那天，所以我们就那天去吧。"

"没问题！咱们去给艾翼打气。"

寒紫在"六十一秒"倒着咖啡，可今天的她似乎有些心不在焉，就连平时的老主顾都嫌弃了："寒紫啊，今天的咖啡似乎有点苦啊。"

"哎呀，不好意思。"

"没事，没事。"

最后寒紫也定下了最后一天的票子。

……

冬季艺术赛赛场，观众已经纷纷入席。比赛场上选手的座位只有两个空着，一个是艾翼，另一个则是城空。这次参加冬季艺术赛的选手一共有 151 个，能进入纸鹞学院的名额只有 30 个，所以这场比赛竞争非常激烈。

"比赛开始！"

随着一声令下，所有选手都开始作画了。每个人似乎都是有备而来。

场内一片寂静，来看这个比赛的人，要么就是来挖掘未来的名画，要么就是为了找绘画的天才。

评委区里，坐在那里的白一鸣有些担心地看着赛场。喃喃地说："那小子怎么还没来？"

"白老头，你说的是……"一个年龄和白一鸣差不多的老人问。

"当然是艾翼啊！难道我会担心城空那个小子吗？"

"大概不来了，我比你更了解他，他放不下艾羽。"黑子看着那个空位子，接口道。

"难道他就真的不能像艾慕儿一样吗？"

"大概吧，感情这种东西不是任何人都能放下的，就连慕儿姐当初也是非常艰难才做出这个决定。"

"对了，城空那小子呢？"

"他说没挑战性，明天再过来，今天他想好好休息。"

"真是个任性的小子。"

"老师，那幅画是不是要归我了？"

"你别着急，等结果出来再说。"

"那我先走了，等比赛中场的时候，我再过来解说吧。"黑子就这样走了。

白一鸣的表情变得有些可怕。因为那幅画可是他花大价钱从画展上拍下来的，如果就这样输给了黑子，他肯定会不甘心的。

"白老头，你怎么了？"那位老人又问。

"我和黑子那小丫头打了个赌，现在还不知道该怎么办呢。"

"你觉得他赢得了吗？"

"天知道！"

"那你还敢打赌……你真是不怕死。"

"你呀你呀，算了，他是慕儿的孩子，我相信他一定有着和其他人不一样的地方。"

比赛场上的参赛选手，根本不知道评委席上发生的一切。

苏沐在画板上刷着背景，她时不时地看向那个空着的椅子。心里不禁嘀咕："他不打算来了吗？"

与此同时，我还在人群中奔跑着，我甚至没有带任何绘画工具。但是，我只有一个想法，那就是抵达赛场。

我拼命奔跑，路上的行人和车辆此时都成了我道路上的阻拦。

在人群中和车流中，我不停地闪躲、奔跑。和去北山大厦面试那次不一样，此时的我有着坚定的方向和目标，我眼神中透出的光芒仿佛谁也阻拦不了。

冬日的阳光洒满大地，也照射在了我的脸上。

只要知道终点在哪里，我就能一直奔跑下去……

我的衣服已经湿透了，总算是到了比赛场地的入口。

"呼呼呼……"我大口地喘着粗气，眼前有些发黑。一个人走向了我。可就连他是谁，我都看不清。

"你可让我急死了，给你工具和材料。黑子阿姨就知道你会赶过来，但不会带东西，她让我在这边等你，我们快进赛场吧。对了，你常用的颜色我已经全部配好了，不知道你满不满意呢？"

是城空！

"你怎么在这？你不应该在里面比赛吗？"我吃了一惊。

"黑子阿姨叫我在这里等你，等你到了再进去比赛。如果你今天没来，我就不用了，因为第一天不来，剩下的两天就一定不会来了。"

我看了看时间,已经11点50分了,是中场时间。我担心地问:"我们现在进去,会不会有点晚了？"

"现在才刚刚好，我们进去吧。"

我和城空走了进去。

"艾翼。"苏沐看到我，有些激动地喊出了声，可惜的是，我没有看见她，只是听见了声音。

现在，绘画工具已经从城空那里拿过来了，我在扫视着座位，因为场上有150位选手，想要找到指定位置还是比较难的。

"这边。"城空拉着我走到写着"艾翼"名字的位置上。

城空站在了我的后面看着我作画。比赛中只要不打扰其他选手，在台上做什么都是允许的。

我立刻开始作画了，现在我的眼睛里面只有画板，没有其他的东西。

艾羽，相信我，我一定会赢的！

首先是素描，我的铅笔在画板上飞舞着，如同多年尘封的宝剑，总算是在今天露出了它的锋芒。

画，层层绽放着……

毫无疑问，是《第一步》。这幅画米勒和梵·高都画过，分别绘于1858年和1890年。

虽然这幅画还没有成型，但估计城空已经看出了我的想法。

画面是一块农村的耕地，背面是农民的屋子，有些斑驳。画的右方一位农妇扶着自己的小女儿，帮助她学走路。女婴的父亲放下了铲子，正蹲在地上张开自己温暖的双臂，鼓励着女儿向前走，带给她来自生命的美好。

"果然，你还是那么优秀。"城空在一旁感慨。

在白一鸣之前的训练下，总算是有了成果。我心里这样想。

"上午场结束！"白一鸣起身宣布。他看着我笑了起来，我知道，他一直坚信着，我很有可能在这次比赛中创造出堪比艾慕儿的超级名作，所以他很期待。

"对了，白老头，这次比赛不是有拍卖吗？"

"是啊！你又想做什么，木头鸡？"

这个人叫木荣国，又恰巧属鸡，所以被白一鸣称作木头鸡。不过他们在绘画上的造诣和地位，不是一般人可以触及的。

"我想要那小子的画，只用了十分钟他就能将《第一步》给临摹出来，他的后续表现肯定令我惊讶。"

"你这木头鸡，这小子的画肯定是我的！"

"那比赛结束竞拍的时候，看看谁的价格高了！白老头。"

"我才不上你的当，之前我和你赌气，明明不值钱的作品都给我们炒到天价，而且最后还是我买单，所以这次我可不会受你激将法了。"

"白老头，你别那么说，这一次我们心里都有数，要么是艾翼，要么是城空！所以，这次的比赛出现名作的概率可大了。"

工作人员过来小心翼翼地收画板，生怕把里面有机会变成世界名画的作品给毁坏掉。

我总算是松了一口气，虽然刚刚打了个底稿，但很早就决定画这幅画，所以我看了很多遍，早就在我的脑海中留下了深刻的印象。

城空拍了拍我的肩膀，说："干得不错，素描比几年前的你更厉害了。"

"你一直在看着？"

"当然，不过我现在得失陪了。"

我看着城空离去的背影想，他真是个奇怪的家伙，虽然我知道他是这里面最强的，但是这个态度也太随便了吧，好像这场比赛根本不重要似的。

苏沐也走了过来，拍了我一下，说："担心死我了，你知道吗？"

"不好意思，有点来晚了。"

"我还以为你不来了呢！"

"说实话，一开始我还真有这打算，不过……我决定了，走自己的路，创造第三个选项。"

气氛突然变得严肃起来了，我和苏沐都不知道该说些什么。为了化解尴尬，我说："那个，要不我们去吃点东西吧，然后再回来继续下午的比赛。"

"嗯，好啊。"

我们随便找了一家餐馆吃饭。

"欢迎光临，两位请跟我来。"服务员热情地招呼着。

走了进去后，我才发现，里面坐的几乎都是来这里参赛的选手。

他们都看到刚走进来的我们，便议论着。

"那个是艾翼吧？这次的比赛有些难度。"

"他旁边的人是谁？"

"是他的女朋友吧。"

"但我之前看到那个女孩也在比赛场上。"

"天才找一个会绘画的女朋友也不奇怪吧。"

"这倒也是，看来那个女孩的水平应该也不会差了。"

……

平时我是最讨厌这种议论，但是这一次议论的对象是苏沐和我，心里反而有些高兴。不过，苏沐整个脸都红了。我连忙拉着她找了个桌子，坐了下来。

还没反应过来，有两个女孩走了过来，连问都不问，直接坐在我们旁边。不是别人，是白雪和零零。

白雪抱怨的眼神看着我，问："你怎么那么晚才入场！"

"路上有些情况。"我完全没想到这个场景，艰难地开口解释。

"对了，这个女孩是谁啊，我看你们聊得挺好。"零零问。

"她……她叫苏沐，是我负责的作家，白雪应该也认识吧。"我有些招架不住了。

"嗯，之前我和她在同一个赛场上待过。"白雪冷淡地说。

"水平如何？"

"马马虎虎吧，就像你一样！"白雪指着零零说。

"什么！"零零猛地拍了一下桌子，"白雪，你再说一遍！"

苏沐有些不知所措，我连忙解释说："她们两个没什么，平时关系很好，就是在一起的时候比较没正行。"

"哦，这样啊。"苏沐笑了笑。

"我和她关系好，艾翼，你有没有搞错？"白雪率先发难。

"就是，就是！你怎么看出我们关系好的？"零零也不甘示弱。

"你什么意思？"

"我就是这个意思！而且啊，你说她水平马马虎虎，可我知道的是，艾翼当众赞美她的画。最后也取得了不俗的成绩。"零零口齿伶俐，甚至说起了这件往事。

"什么！你给我说清楚！"

"有什么好说的，人家的画明明就是不错的。"

其他桌的客人看着我们这么热闹的一桌又开始议论起来了。

"怎么？三个女的为了争艾翼吵起来了？"

"嗯，我看就是了。"

"多角恋？"

"别瞎说！我看是贵圈真乱！"

……

我这个时候心里想的，只有一句话：天啊，让我老老实实地吃个午饭有这么难吗？

或许是听到了周围人的议论，白雪和零零也不再吵闹了。四个人老老实实地坐在那里，虽然气氛有些尴尬，至少比起被别人议论来说简直是好多了！

"好了，好了，大家别吵了。"我第一个说，希望大家都能冷静点。

"对了，我们还没点菜呢。"苏沐说，"咱们吃点什么好呢？"

其实，点菜我一直没有主见，因为一直是艾羽拿主意，所以这次我把菜单拿过来先给她们三个人看。

"没想到，你还挺绅士。让我刮目相看啊。"零零看着菜单也不消停，带着一丝嘲笑。

"艾翼明明一直都很好，只有你这个飞机场才认为他不好！"白雪继续反驳。

"像你这样子，迟早会被男人骗，再说了，我只是还没有发育，说明我正青春。"

"怎么又吵起来了。"苏沐看着她俩抱怨道。

我笑了笑，其实这种感觉也不错……

第十六章　可怕的对手，
和可爱的她

想把世界送给你
xiang ba shi jie song gei ni

我和三个女生，在一种极其尴尬的氛围里面吃完了午饭。不过，尴尬归尴尬，有白雪和零零的拌嘴，很是热闹。

"休息时间结束，请选手返回比赛场地。"广播的声音在空中回荡着。

苏沐站了起来，说："下午比赛要开始了，我们走吧。"

"嗯，零零，白雪，我们一起走吧。"

零零指着白雪，不甘示弱地说："你别得意，这一次肯定赢你。"

"想得美，小不点，飞机场。"

真是的，就连比赛前都要吵一会，我只能出来调解："好了好了，我们快走吧。"

在短暂地休息之后，我重新踏上了赛场。

一开始还有些紧张，现在变得轻松无比，不过这还归功于她们三个女孩。

我再一次回到了自己的画架前，等待着比赛的开始。

我在自己的脑海中想象着《第一步》。色彩、轮廓、人物、场景以及这幅画的灵魂——情感。

这幅画的作者又是以什么样的方式作画呢？其实临摹一幅画就像是与作者灵魂的一次沟通。如果你沟通成功了，那么你的画也将变成有灵魂的名画，如果你沟通失败了，也就画出不像样的作品。

我为什么要画《第一步》？

其实，这是白一鸣先生的建议。之所以画这幅作品是因为它具有特殊的意义，这幅画不仅象征着我要告诉世界："艾翼已经横空出世了"！也代表着我向自己的父母靠近了一步。

"比赛开始！"

所有人听到此令下之后马上就开始绘画了，没有人说话，只有画笔和画板的摩擦声。

我开始粉刷背景，从浅到深，从里到外，都把控得十分完美，果然训练对我很有帮助和效果。接下来，我要抓住绘描对象的特点，在勾勒的基础上进行勾画，使其突显它的特点。

……

我笔下的画面颜色鲜明，这是为了更突出当时的环境，而且也能帮助评委摆脱审美疲劳。因为他们总是面对着许多作品，有好的，也有不好的，所以将颜色画得鲜明是一个明智的选择。

我多用深、蓝、黄和绿色来构成这幅画的基本框架。因为这些颜色的高明度及属于自然界的颜色，会让人感受到活跃的生命力以及对原始森林的向往。因为这个世界已经被钢筋水泥包围，那些艺术大师总是想着回归原始，追寻一开始的快乐。

我让画中的人和物框上厚实的黑色线条，这明显是受到日本艺术的影响，这样不仅让画面增加实在感，也会突出画中的人物的特点，让作品升级一个档次。

另外，我竟然以弯曲旋转的画法来绘制枝叶茂密的树、屋子旁边的灌木和田地里面的农作物。这是成熟画作中常用的手法，也令这画增加生气勃勃的气息。整幅农村景象让人感到农民生命的实在，虽然平凡，但跃动又充满亲情，让整个画面从米勒温馨、和谐、慈爱过渡到梵·高的勇气、力度与斑斓的色彩，然后再过渡到我个人的鲜明、细腻的作画。

三者融合在一起，这幅几乎是完美的《第一步》呈现在了眼前。

我放下了笔，与此同时城空也放下了笔。两个人几乎同时完成这幅作品，我这时才发现，城空的作品竟然也是——《第一步》，果然他这一次就是想要和我比个高低。

城空对着我意味深长地笑了一下，我也回应了他的微笑，这大概就是宣战吧。一个魔王对着勇者微笑，而勇者却拔出了圣剑斩向了魔王，谁会赢，是个未知数。

　　评委区里，各位评委也在窃窃私语。

　　"白老头，你说这两个人谁画得更好啊？"

　　"木头鸡，我都没近距离看过，怎么知道谁的好？"

　　"哎！不如打个赌吧……算了，还是不告诉你了，不过我已经有答案了。"

　　白一鸣点了点头。如果换作其他人他肯定不相信，但只有木荣国，白一鸣是相信他的判断的，因为他看中的作品就不会有错。

　　……

　　这种比赛可以画多幅作品，也可以只画一幅。

　　当然作品数量多了，优胜的概率就大一点，但同样，如果没有办法保证质量，还是选择一幅比较稳妥。

　　零零就是这种类型，她选择的作品是——《蒙娜丽莎》。这幅画的作画难度也是相当的高，零零今天才只是涂上了底色，看来她决定用三天的时间磨炼一幅好作品。

　　虽然这种方法不错，但我还是更看中数量，一天完成一幅，然后三幅画都能获得名次，这就足以告诉世界：我已经横空出世了！

　　不过，我还是遇到了令自己相当头痛的对手，他如果和自己都是临摹同一幅画，那我的创新就毫无意义，反而有种被盗用了的感觉，不过这种模仿只有城空才能做到，这就是一场怪物与怪物竞争的比赛！

　　苏沐的作品竟然是——《害怕》。

　　这幅作品有着极高的难度，因为把控这幅画色彩的变化和绘画物的特点非常困难，得根据色调和描绘对象的特点，对其进行立体感、气氛等的描绘，使其完善。

当然和之前的比赛一样，苏沐的突破点还是创新性。这个创新性在纸鹞的特招生入学考试中是一个拿分点。

画中的小女孩蜷缩在墙角，手臂上有着不少鞭打的伤疤。夕阳照在小女孩的脸上，她的眼睛有着泪光。画中的桌子和凳子的影子都很长，这凸显出小女孩现在的情感：焦躁、不安和害怕。

门口又出现了一个拿着长鞭的影子，那就是小女孩的父亲，他因为喝醉了便到小女孩这里发泄自己的情绪，父亲的脸可憎，小女孩的脸可怜，这也就象征着社会中的两类人，掠夺者和被掠夺者。

这些景象都在苏沐的画里面被表现出来，很美的同时，也有种凄凉的感觉。这幅画和原作最大的区别就是小女孩的眼睛。

原作中的小女孩是两眼无神，好像对未来没有一点希望。但在苏沐的笔下，却呈现出另一种色彩，那就是希望！同时这幅画的定义也被颠覆了，这幅本来描述小女孩害怕父亲的鞭打的画却变成了小女孩对未来充满着希望的作品。并且苏沐将夕阳画得有些金黄，与原作中的血红的夕阳形成了不一样的感觉。

白雪那边则是画的是《呐喊》，果然又是这一幅画啊，虽然和之前的画展里面的比赛是一样，但是白雪还是做出了不小的改动，让这幅画变得颇有风味。

其他选手依旧在画着，我和城空已经停下了笔，此时动笔的话不会画出好作品的，第一个原因就是：身体的疲劳；第二个就是：灵感的耗尽。

但是，对于城空而言，只是不知道我接下来要画什么。

"比赛结束！选手们不要走动，停下笔，等待工作人员回收。"

苏沐刚才看着我愣了很长时间，等回过神的时候，已经宣布要停止绘画。她有些慌乱，因为她没有完成今天预定的进度……

苏沐低下了头，这一幕刚好被我看见了。

当工作人员回收完所有工具的时候，零零和白雪就走了过来。

她们异口同声地说："我们走吧。"

零零和白雪互相瞪着对方："你干吗学我？"

"我才没有学你！"

这两个人还真是有默契呢。但我现在根本就没有心情，只想先去看看苏沐，我说："不好意思，我有点事。"

"那……好吧。"白雪看着我，有些不舍。

"喂，你放什么电，别人都说有事了。"

"你个飞机场！"

……

我没有再去理会二人的争吵，因为过不了多久又会和好，她俩总是这样。此刻，我的注意力全在苏沐身上，因为她刚才流露出的表情，很像是曾经的艾羽。那时候，艾羽因为没有美术的天赋，被父亲嫌弃。所以当我看到苏沐也流露出那样受伤的神情，不由心疼起来。

终于，我追上了苏沐，一下拉住了她的手，说："有没有兴趣陪我去喝一杯？"

苏沐用那宝石般的瞳眸看着我，红着脸点了点头，说："那个……能不能先把手放开。"

"不好意思，那我们走吧。"我立刻就放开了手，确实，刚才的动作有些……

我带着苏沐再一次光临"六十一秒"。苏沐有些无语，说："你说来喝一杯，就是来喝咖啡啊。"

"不然呢，难道你会喝酒？"

"那好吧，我们进去吧。"

随着悦耳的铃铛声，我们走进了"六十一秒"。寒紫立刻迎上来，她看见是我们两个人，拉着我走到角落。

我有些奇怪，问："寒紫姐，你拉我过来干什么？"

苏沐坐在一旁，有些好奇地往这里看。

寒紫说："真有你的，一下子就追到人家了。"

"寒紫姐，你误会了。"

"没事没事，你放心，我先去给你们准备咖啡。下面就交给我吧。"说完，寒紫还摆了一个 OK 的手势。

一点都不 OK 好吧！我在心中抱怨道。

苏沐一直在看着我，可似乎又在想着属于她的心事。

"怎么了？"我走过去，有些担心地说。

"没什么。"苏沐淡淡地说。

"你觉不觉得奇怪，一般心里有事的人，在别人问'怎么了'的时候，总是回答说'没什么'。"

苏沐扑哧一下笑了出来："你这是什么奇怪的说法啊。"

"我这个推论很奇怪吗？"

苏沐点点头，说："就和你一样奇怪。"

这个时候，外面开始下起了雨。寒紫也把咖啡送了过来，介绍说："这两杯咖啡叫——回忆。"

"麻烦你了，寒紫姐。"我轻声说。

"接下来看你的了！"寒紫对着我做了个打气的动作。

果然，她误会了什么。

"你果然有着什么心事吧，你这个表情，我……有些担心。"我喝了一口咖啡，因为担心苏沐，今天的咖啡也没了往日的香醇可口。

苏沐也喝了一口咖啡，笑着说："难道，你在嫌弃我？"

"当然不是，你在我心中是最美的。"

说完之后，我就有点后悔，也更尴尬了。为什么这句话会从我的嘴里面说出来，太肉麻了。

更让我没想到的是，苏沐的眼泪一下子就流了下来。她难过地说："你是在戏弄我吗？"

"没有，我没那个意思。"我解释着。这从何说起啊？

"那你那句话到底是什么意思？"苏沐红着眼睛看着我。

难道，她讨厌被我喜欢？我有些奇怪，说："我只是单纯地夸奖你美丽啊。"

苏沐摇摇头，冷冷地说："像你这样的天才，怎么会对我这种没有天赋的人感兴趣，你别再捉弄我了。"

原来是因为这个。可能这个理由对别人而言，很难理解，但对我而言，我倒很能理解。在许多年前，艾羽和她简直一模一样。这种现象也很常见，或许就是人们口中的自卑吧。

我肯定地说："不，苏沐，你错了，其实你比任何人都有天赋。"我心里很清楚，如果想让她克服这种自卑，就只能点出她的优秀。

"你别骗我了，你和城空、白雪，还有零零，谁都比我优秀，我就是你们脚下的垫脚石。"

"不，你根本不比我们差，你很优秀，但你就是害怕，害怕自己做不好，所以……"

"你别安慰我了。"

"如果我这是安慰你，你忘了之前的比赛吗？我可不是为了安慰你才挺身而出，而是你自己能力的体现，那是你该有的。"

"但是……"

"相信我，同时我也相信着你。"

……

时间过得很快，我和苏沐聊了很多。直到天空放晴，出现了彩虹。

"雨停了吗？"苏沐的心情好了很多，她笑着说。

"我送你回去吧。"

"嗯。"

走出"六十一秒"，阳光射到我的眼睛上。但此刻的阳光并不刺眼了，反而很温暖。

天晴了，还留下了一道美丽的彩虹。

"好美啊，就像是幅油画一样。我喜欢这样的天空。"苏沐说。

在气氛的感染下，我认真地看着苏沐，虽然眼睛还有些红，但是依旧不影响她的美。

我不知道哪来的勇气，说："苏沐，和我交往吧。"这句话点燃了周边的空气，粉红色的气息弥漫在这空气里面。

苏沐听了之后，先是愣了一愣，脸就变得通红。

"啪！"苏沐伸出手，狠狠地甩了我一巴掌，红着脸走了。

我捂着脸，想：难道，我就这么不堪吗？

我看着苏沐远去的背影，想追上去。可算了吧，还是让她先缓一缓。

我始终记得这样一句话：机会是自己把握的，命运是自己选择的，如果连机会和命运都无法掌握，那和傀儡有什么区别。

所以，区区这一巴掌我可是不会放弃的。

第十七章　新的对手

昨天真是糟透了，我不明白为什么自己会说出那样的话，还被她甩了一巴掌。

回家之后，我把整个过程告诉了艾羽，结果被她狠狠地嘲笑了一番。

"连一个女孩的想法都搞不定，哥……我对你真的是太失望了。"

这样会不会影响苏沐接下来的比赛呢？但愿不会吧，不然自己就成了千古罪人了，这样想着，反而让我更加不安……

今天一早，我抵达了考试会场。这一次没有迟到，也没有堵车，我还享受了艾羽做的早餐，不过这样的角色对调，还真是让我不适应呢。

我看了看手表，离进场还有二十分钟。突然，一个女孩子撞在我的身上。

"对不起，对不起，我不是故意的。"

"没关系。"我回道。这个女孩应该也是参赛者，我便多嘴问了一句："那个……你是参赛者？"

"没错，我叫缎小兔，请多指教。"女孩对着我笑了一下。

"我……我叫艾翼，请多指教。"我不自觉地跟着做了下自我介绍。

"你好，艾翼，那我们就是朋友了。"缎小兔伸出手来。

"哦，你好。"我也将手伸了过去。

女孩露出灿烂的笑容和疑惑的目光。我有些奇怪，顺着缎小兔的目光回头看过去。竟然是苏沐！她站在远处，紧紧地盯着我们。

我连忙放开缎小兔的手，说："哟……那个，早上好。"

苏沐根本没有理我，而是哼了一声，转过脸去。

完蛋了，她肯定是生气了。接下来我该怎么做？哄女孩我不会啊……

缎小兔看到我为难的表情笑了一下，然后指着苏沐说："这位，是你的女朋友吧。"

我更不知道该怎么回答了，昨晚我的确表白了，可是苏沐并没有给我答复。

缎小兔用只有我能听到的声音说："想解决就快点配合我。"接着，她走到苏沐身边，说："不好意思啊，姐姐，刚才不小心撞到了你的男朋友，我们其实什么关系都没有。"

我立刻大声说："对。"说完，我用眼角的余光看了一眼苏沐，她的脸红了，看来还有戏。

"你男朋友真帅！如果他没有女朋友的话，我都想去追他了。"缎小兔接着说。

苏沐的脸就更红了，她小声说："不会让你得逞的。"

缎小兔笑着说："什么？姐姐，我没听清楚。"

"我说，我不会让你得逞的！"苏沐大声地说。

缎小兔转过头，对我笑了一下，说："我就帮你到这里了，剩下的就看你的了，'神之手'。"

"你……认识我？"我有些奇怪，但是，缎小兔头也不回地走进了会场。

就在这时，喇叭响了："请各位选手进入赛场，比赛马上开始。重复一遍，请……"

我对苏沐说："走吧，我们进去吧。"

苏沐竟然有些害羞地回答："嗯。"

"对了，昨天的事……"

我的话还没有说完，苏沐小声地说："你让我再考虑一下。"

我有些奇怪，连忙解释说："那个……我说的是，你要相信自己！"

"啪！"苏沐又甩了我一巴掌，然后笔直地走进了会场。留着我一个人在风中凌乱。

城空刚好在远处看到了这一切，他走过来拍拍我的肩膀，说："哟，真看不出来啊，艾翼还是风流多情郎啊。"

我推开了城空的手，说："别瞎说。"

"什么瞎说，算了……我还是提醒你一下，那个缎小兔很危险。"

"危险？"

"你可真够蠢的，她是纸鹞的指定特招生。"

什么！缎小兔竟然会是纸鹞的指定特招生！

"你们在这边发什么呆！快走啦。"零零和白雪也走了过来，催促着我和城空。

"嗯，我们快进去吧。"

随着一声"比赛开始"的口令，我立刻就在画板上用铅笔临摹着要画的作品，而城空迟迟没有动笔。但此刻，我已经顾不上他了。

这次，我要画的是阿诺德·勃克林的《死亡之岛》。

在瑞裔德国画家阿诺德·勃克林的许多作品中，都有不吉利，甚至是恐惧的因素。

他总能轻松画出令人为之毛骨悚然的场景，那些易引起伤感的画面，既不是出于典故之中，同时也不是在描绘神话，但是画得很精细、很细腻，并且真实而感人。

观看者只要面对画布，就如身临其境。有些美术史家甚至夸张地说：他是二十世纪形而上学画派的先导。因为他实际上是德国象征主义与浪漫主义的双生子。他画的寓意早就预示着欧洲超现实主义的诞生以及之后的普及。

这位伟大的作家的后期作品更多的是神秘的寓意画，很多还晦涩难懂。这正是因为他意识到了许多的超越常人的认知，而这幅画《死亡之岛》是他的重要代表作。

我的一笔一画都在细细打磨着这幅作品。

我的画上展现出一座色彩鲜艳的阴森孤岛，由于画面的真实，景象使人很不舒服，因为整幅画散发着死亡的气息。那一条引渡死者过岸的船，正缓缓地驶向这座阴森孤立的小岛，小岛四周都是茫茫的海面，岛上处处都是悬崖绝壁。

一个穿白色衣服的人笔直地站在船头上，那大概就是勾魂的死神吧。船上载着一口巨大的棺材。这是一个极其逼真的死亡幻象，它虽然只是一幅风景画，但也是北欧民间流行的风格，那就是——以死神为题的风俗画。

我开始粉刷颜色了，和上幅画一样，尽量在不破坏作品意境的情况下用更为鲜艳的颜色的策略。

画中的岛上有黑中带着些微绿色的巨大的柏树，其实这是作者笔下的生命之树。这不禁使人联想到人类种族的世系以及未来和过去的探究，一个人类至今无法解决的问题——人类，到底何去何从。因而在这个冰冷的世界死与生，这样就构成了一个含蓄的抽象的象征。

这幅画简直就是为我量身定制的，因为我成功地将这幅画的寓意用画面的形式表达出来。

接下来，就是将画面弄得更细腻，赋予表现性，就算是大功告成了……

评委区里，各大评委也都看到了我的绘画过程，纷纷议论着。

"艾翼这个孩子，果然还是画这种类型最合适啊。"白一鸣说。

黑子嘲笑着说："那你叫他画《第一步》是什么意思？"

"很简单，这幅画的寓意非常适宜艾翼，等他日后成功了，《第一步》也就有了意义。"

"所以你在他身上下了这么大的赌注，白老头？"

"木头鸡，你看这幅作品有可能胜出吗？"

"这不好说，不过……那小子的天赋果然出众，没有枉费那些人称他为'神之手'。"

"那个城空不是也在画这幅画，你说谁会赢啊？"

"白老头，你别告诉我，你现在老糊涂了。这幅画艾翼更加优秀，而《第一步》，艾翼完败。"

"我看未必，走着瞧，毕竟评选那天可不止我们，到时候再下定论也不迟。"

"不过，艾翼很有机会进纸鸢，并且能在纸鸢大放光彩。艾慕儿的孩子就是不一样啊。"

"哈哈，黑子你就准备输给我吧，你可别给我耍赖。"白一鸣指着黑子笑着说。

"那还不一定呢，木前辈，您看看那个女孩的作品吧。"黑子指着苏沐说。

"她的第二幅作品竟然还是《害怕》。我有些看不懂她要干什么了。白老头，你说呢？"

白一鸣看了看，其实，苏沐的第二幅画并不是《害怕》，昨天那幅也不是，这两幅都是属于新的作品。他说："看来，老糊涂的不是我，反而是你啊。"

"白老头，你说清楚啊。"

"木头鸡，你没看出这是一个全新的作品吗？黑子，看来我们还有得比。"

苏沐画完第一幅之后，又开始画一幅全新的《害怕》。

那个蜷缩在角落的小女孩、她身上的被鞭打的伤疤依旧存在，不过这次小木屋外面并不是夕阳，而是雪。而且小女孩穿得很单薄，她蜷缩在角落不是因为害怕，而是因为冷，这完全改变了《害怕》的定义。

而且这幅画里，物品的影子都很短，不难推测时间是正午，和之前的长影子形成了鲜明的对比，然而父亲的可憎脸，竟然变得祥和起来，那之前拿着鞭子的手变成了拿着毛毯的手。小女孩的脸也不再那么可怜了，眼睛没有泪光而是一丝的欣喜。

这些景象都在苏沐的画里面被表现出来，全新的《害怕》讲述的是：冬天，小女孩的父亲喝了酒，迫于生活的压力将所有的情绪发泄在了小女孩身上。不过，在鞭打过后他突然醒悟过来，于是拿了一个毛毯准备给小女孩盖上。

这幅画并没有揭示掠夺者和被掠夺者，强者吞噬弱者的道理，相反，讲述的是这位父亲依旧有着人性，这幅画揭示着情感才是最重要的东西，从而令人们引出对人性的思考。

　　黑暗与光明这两个不一样的表达方式，这幅画明显就是掠夺者的忏悔，而不是强者吞噬弱者的道理。

　　果然，苏沐总是能带来不一样的东西，这股创新力果然和其他人不一样，她才是一个天才。

　　"比赛结束，请选手停下手中的笔，等待工作人员的回收。"

第十八章　莫名的提议

想把世界送给你
xiang ba shi jie song gei ni

第二天比赛的上半场总算是结束了。我有些不满，没有在上半场画完《死亡之岛》，好腾出时间准备第三幅画，因为那才是难度系数最高、艾慕儿的封神之作——《千年》。

这幅作品在艾慕儿创作完之后，竟然以两亿美元的价格被一位神秘人拍下，这幅作品刷新了油画界最昂贵作品的排行，也成了艾慕儿被尊称为："二十一世纪油画之神"的基础，我的尊称"神之手"的由来，就是因为我是艾慕儿的儿子。

"哎，不知道下一幅画有没有时间画完。"我有些担心。

在工作人员将所有人的作品收起来之后，缎小兔便走到了我身边，说："有兴趣一起吃个中午饭吗？"

"可以，我没有意见。"

"你这样，真的没关系？"缎小兔指了指在远处的苏沐。

"我估计我就是没戏了，进场的时候，她又甩了我一巴掌。"我沮丧地说。

"你是怎么搞的啊，好不容易帮你营造的氛围，又被你破坏掉了。"

"那还真是抱歉啊。"

"你被誉为'神之手'，偏偏你的脑子不好使。"

"对了，你认识我？这个名号不是只有一些业内人士才知道的。难道你是某些业内人士的孩子或者是亲戚？"

缎小兔看着我一脸迷惑的表情，扑哧一下笑了出来，说："随你想象。不过，时机到了我一定会告诉你，毕竟这是'二十一世纪油画之神'的丈夫安排的。"

"我爸爸？你……认识他？他安排了什么？"我突然严肃了起来。

"当然，不过我说过，现在还不到告诉你的时候。我肚子饿了，咱们先去吃午饭吧。中午我想跟你好好聊聊。"这个人真的是很会吊人胃口。

"我们应该没什么好聊的吧。而且，你之前一直在吊我胃口。时机，指的是什么时候？"

我真想扭脸走人，但我必须知道事情的原委，只好耐着性子说。

"有什么关系呢？别管那些没用的。反正以后我们会持续打交道，所以让我先熟悉熟悉你吧。"

"熟悉我？"我带着疑惑的眼神看着她。

"对啊。"

以后要持续打交道，不会是要安排我们结婚吧。我立刻想到了这个，因为风从有可能安排这些。哦，风从就是我的父亲。我想了想，说："风从是不是和你说了什么？他的话你大可不用当真。"

"我肚子饿了，先去吃饭吧。"她又一次岔开了话题。

不得不说，城空的那句话果然被应验了，她很危险。

如果真如我猜想的那样，那她就是父亲派过来监视自己的人选。时机？那或许是指我可以独当一面，又或者是我可以和缎小兔一个水平的时候吧。

还是那个餐厅，不过缎小兔拉着我去坐双人座，而不是可以容纳多人的沙发位。而白雪、零零和苏沐还是坐在了昨天的沙发椅上，她们三个人时不时都向我这边看，让我很不自在。

缎小兔或许是发现了我的异常。她问："你理想中的女性是怎样的？"

"这个问题算什么？难道必须回答？"

"当然了，这是为了以后而准备的。"

我诧异地看了看缎小兔，说："为了以后，难道说……你是？"

她点了点头，说："没错，你猜得没错。"

我立刻就不淡定，语无伦次地说："这个……我们没有感情基础，而且……"

缎小兔摇摇头，说："没有感情基础怎么了，可以后天培养，而且什么？难道是我的身材、长相，还是服装、发型，哪个不合你心意吗？"

"这……倒不是，你很漂亮……"我坦白地说。

"这不就行了，那你喜欢怎样的女性？"她抢白道。

"等会，等会，你先让我冷静冷静，现在谈这个太早了。"

……

于此同时，白雪、苏沐、零零她们这边议论纷纷，她们说的话连我都听得见，因为实在是太大声了。

"他们究竟在聊些什么啊？"白雪说。

"在意的话，上去问问不就好啦，在这发什么牢骚。"零零咬着可乐的吸管，看白雪那一脸担忧的表情说。

"你给我少说风凉话，飞机场。"

真是麻烦，我将目光稍微瞥到她们那边去。

"他会不会是讨厌我了啊？"是苏沐。

白雪有些纳闷地问："苏沐，你是不是和艾翼发生了什么，说出来听听。"

"其实是这个样子的……"苏沐将我对她表白的事情和两次的扇巴掌告诉了她们。

听完这件事之后，白雪明显就不对劲了，毕竟她曾经在摩天轮上吻了我。她咬了咬嘴唇，硬挤出微笑对苏沐说："放心吧，艾翼不是那样小气的人。倘若他真的对你有意思的话，一定穷追不舍，我很了解他。"

零零插嘴道："白雪和艾翼是青梅竹马，她都这么说了，那就不会错。我也认识了艾翼许多年，他可不是随意和别人表白的人。"

"可是我说的都是真的，现在我都不知道该怎么办了……"苏沐的口吻听起来很为难，看样子那两巴掌，并非是故意的。

"我们先看看那边的两个人吧，说不定艾翼被那个女孩缠住了，你看那姑娘也挺可爱的。"零零唯恐天下不乱。

"不会的，我相信他。"白雪坚定地说。

"我……我也相信他。"苏沐也勉强这样说。

……

哎，我有些哭笑不得，这三个女孩的谈话，声音这么大，我听得一清二楚！

"缎小兔，我觉得你不必听那个男人的。"不过，眼下还是得先解决掉缎小兔，于是我干脆地说。

"哪个男人？"

"你不用装傻了。就是风从啊。"

"你怎么对风从老师这么没礼貌！不应该啊，那么完美的老师，怎么就有你这个多瑕疵的'作品'呢？"

作品，我最讨厌别人这样说我。我始终认为，孩子是脱离了父母而独立存在的个体。我狠狠地拍了一下桌子，餐厅里面的所有目光都向我集中过来。

"看来，我们没有什么好说的了！"

"果然和老师说的一样，你就是这个脾气。"

我没有再去理会她就离开了，苏沐她们也跟了上来。

白雪第一个问道："怎么了？你们都聊了些什么啊？"

"没什么。"我实在是没有心情去理会她们，于是快步离开。

我快步回到比赛场地，但现在还在午休，只好在走廊里面游荡。我的内心一片繁杂和混乱。那个不称职的父亲竟然让我和一个不认识的女孩结婚，真是莫名其妙、不可理喻。

在一个楼梯转角处，我碰见了黑子阿姨。

"哟，艾翼。"

"阿姨，好久不见。"

黑子阿姨用一种奇怪的目光看着我，坚定地说："要赢了城空啊。"

"我觉得更大的威胁是缎小兔。"

黑子阿姨缓缓地点了一根烟，原来，她是在这里抽烟。但接下来的话，让我有些吃惊。黑子阿姨说："她的画，你赢不了。她是莫紫的女儿。"

"我不管她是谁的女儿，不试试，怎么知道赢不了！"我从来没有听过这个名字。

"那好吧，好好努力。比赛快开始了，准备好吧。"黑子阿姨拍了拍我的肩膀，给我打了气。之后就离开了，她还要去评委区准备今天下午的比赛。

很想知道莫紫是谁，竟然可以让黑子阿姨如此恭敬和忌惮，那肯定不是等闲之辈。

"比赛即将开始，请选手有序入场。"喇叭里响起了通知的声音。现在不是想这个的时候，这一次我必须要赢，必须得赢缎小兔。

回到比赛场上，我的第二幅画还差一点就完成了。不过，我现在打算直接放弃第二幅画，把所有赌注放在最后一幅画上。当然，如果最后还有时间，我也会尽量完成。

《千年》这幅画最难的地方是在光线的变化，穿越时间时扭曲的钟表和海绵一样。

这幅画讲的是一个时间旅行者在某个时空遇到了自己真正喜欢的人，可是和他度过了50年后他就死了。时间旅行者准备穿越回去重新认识他。

画空间扭曲这个方面有很多讲究，妈妈画这幅画的时候，借鉴了《永恒的记忆》这幅作品。不过，这两幅画差别很大，一个是超现实主义，另一个则是浪漫主义。

这一次，我要将梦幻和现实统一起来。《千年》这幅画本来就是人类潜意识的心理的分析。放弃现实的逻辑、有序的记忆为基础的形象。这幅画强调绝对的现实，生与死、梦境和现实融合在一起，颠覆了人们对传统艺术的看法。

《千年》这幅画时间旅行者的表情是最难画的，因为她的脸上有惶恐、害怕和留恋。惶恐是不能再见到自己的爱人，害怕就是见到自己的爱人之后，他真的是记忆中的他吗？留恋是对现在生活的留恋，自己在漫长的时间里面游走，好不容易有个家的孤寂感。

虽然这幅画和现实搭不上边，不过，这幅画是我最喜欢的。

为了创造一种引起幻觉的真实感，我的每一笔都是重要的，不能有半点失误。呈现出现实世界里面见不到的奇观，或者说是以精神病人的视角去描绘这幅作品。

《千年》里面的场景，尤其是沙发上老死的那个人是最难把握的，因为穿越时空，必须将这些画得扭曲起来。房间里面的窗户外面则是一棵老树，老树上面似乎有一张人脸，似乎在哭泣，这种似人非人的感觉很难画得传神。最后是房间里面挂着的闹钟，那个和《永恒的记忆》极其相似的软绵绵的闹钟。

这样的话，我就得用另一种方式去画这幅画了。我在心里这样想着。对！传统的方式并不能将这幅画完全展现出来，必须用另一种从未有过的方式来画，融入自己的灵魂，融入自己的一切。

这是一次自己和自己的较量，我瞥了一眼城空。果然，他没有选择画这幅画，而是在画《永恒的记忆》。

评委席上，评委们也都看到了我的举动。他们议论开来。

"那小子竟然放弃了《死亡之岛》，直接去画《千年》。"白一鸣在观台上震惊地说。

"你难道看不出他的《千年》是最接近原作的吗？那种细腻感，那种微尘众见大千的感觉，真不愧是艾慕儿的儿子。"

"木头鸡，这幅作品我是要拿下了。"

"呵！出价本来就是各凭本事。"

"缎小兔的画简直就是和原作一样的存在，不过这个娃娃我不喜欢。你说呢？木头鸡。"

"那可未必，就算不进行创新，只是为了模仿的话也是能出名作的。你忘了风从吗？"木国荣带着一丝嘲讽的神情对白一鸣说。

听到这个名字，白一鸣明显变得不对劲，似乎很生气："你小子什么不提，偏偏提这个。"

"你们二老别吵了，今天的比赛都快结束了。先看看哪些作品可以收录吧。"黑子看着他们无奈地摇摇头。

"那好吧。不过先说好啊，艾翼那小子的画可都是我的。"

"哇！白老头，这可不行啊。"木国荣一下子就急了。

……

时间应该已经过得差不多了，眼前的画面也似乎是极其吸引人的。不过可惜的是，始终是缺少了某些东西。缺少的是什么呢？我现在自己都还不知道。

可是总觉得少了一些东西。对生命的诠释和寂寞的气氛，我明明营造得非常成功。但那种感觉我就是塑造不出来，究竟是少了一些什么呢？

"今天的比赛结束！请各位选手停下笔，等待工作人员回收画板。"

广播让我不得不放弃思考，之后我就直接离开了。

现在的我非常烦躁，一是缎小兔的事情，二是自己没有能力将这幅画好，究竟是少了什么东西。

我得提前离开，因为白雪和苏沐她们会追上来问东问西的，现在我可没有心情去解答，真是太糟糕了。

离开的时候，我没有坐地铁和公交，因为很容易碰上她们，现在我只想一个人静静。如果母亲还在的话，我真想和她聊聊。聊聊那幅《千年》，她是用什么样的心情和想法去画的。

这时候，手机突然响了起来。原来是夏弥发来的消息："艾翼，我和山哥、妍妍定了明天的票给你加油，不能输哦。"

放心吧，我是不会输了。

还有一条未读信息，竟然是寒紫的，说实话，她已经很久没有给我发过信息了。

"明天'六十一秒'停业一天，给你加油。别给慕儿阿姨丢脸哈。对了，明天我用保温杯装点咖啡给你，提神。加油哦。"

放心，我一定会赢的！

不知道为什么，光是看见这些信息我就已经热血沸腾了，所以……我一定会赢的。

"艾翼！"一个熟悉的声音在我耳边响起。

"苏沐，你是怎么找到我的？"

"凭着感觉走，我就找到你了。你今天和她聊了些什么？"

"没什么。"我将脸微微向外撇，我实在是不想直视着她的眼睛，怕隐藏不住。因为就算和她说了，她也不明白我现在的心情。

"你不愿意告诉我吗？那我走了！"

苏沐生气地掉头就走了，看着她离开的背影，不知道为什么，觉得很心痛。

所以，这就是《千年》里面那位时间旅行者的感受吗？我总算能明白一点了，这就是恋爱的感觉。我总算知道缺少了什么东西了，那就是爱。没错，我缺少了这个东西，所以那个作品不完整。

我不能重蹈《千年》里面的场景，我终于明白了！我连忙大步走上去，一把抱住了苏沐，她的头发很香，身体很软。

苏沐被我吓了一跳，红着脸说："你干什么啊！"

"谢谢你。"

没错，这就是我现在的情感。夕阳将我们的影子拉在了墙上，很美很美。

"谢我干什么？"

"不告诉你！"

苏沐伸出手，又一次甩了我一耳光，发出了"啪"的一声脆响……

第十九章　孤注一掷

又被苏沐扇了一巴掌，不过，这一次挨得很值。

回到家后，艾羽吵着明天要跟着我一起去，没办法，我只能去看看还有没有票。幸运的是还有一张票，定下之后发现旁边竟然就是寒紫的座位。因为买这个票需要实名购买，每个椅子上都有订票人的名字。

紧接着，我被白雪的信息轰炸了，最后我和她说了二十次对不起，她才放过我。

晚上，我很早就休息了。为了第二天关键时刻备战！

总算是考试的最后一天了，一切都已经准备好了，多亏了苏沐让我理解了《千年》这幅作品。

这一次我来到了比赛场地，不同的是，带着艾羽。

"哥，就是这里了？"

"嗯！没错，今天就是最后一天，也是决定我是否能去纸鸢的关键时刻。"

艾羽狠狠地给了我肚子一拳，道："别说丧气话！"

夏弥等人也到了，在远处和我打着招呼。还好昨天晚上我们已经套好词了，就说妍妍和夏弥是我的同学，山哥是老师。因为我去工作的事情一直没有告诉艾羽。

"哥，他们是谁啊？"

"我的同学和老师，今天他们也来给我加油。"

山哥第一个走上前来。激动地抓住我的肩膀，说："小艾，可别让我失望啊。"

"放心吧，山……山老师。"这样说，真的有些别扭。

山哥听了之后也是有些不习惯，说："别叫我什么山老师了，今天我们是兄弟，你叫我山哥就行！"

"小艾啊，要吃点东西吗？吃饱了才有力气上场啊。"妍妍拿出了她的背包，里面全是各种高热量食品。

"妍妍姐，算了吧。我吃过了。"

夏弥走到艾羽面前笑着说："艾羽妹妹，你好。"

"哥哥，她是？"

"她是……"我一惊，完了，我竟然忘记夏弥这个不确定因素了。

"我啊，我是你哥哥的女朋友啊。"夏弥直接打断了我的话。

"哥哥的女朋友？"艾羽上下打量着夏弥，然后对我说："哥能有这么漂亮的女朋友真是幸福啊。"

说真的，我和夏弥应该什么关系都没有吧。除了那一次！不过那也不算啊，我始终认为她是故意让我出面甩掉城空。

一只手轻轻拍了拍我的肩膀，说："喂！我给你送咖啡来了。"

我一回头，正好看到寒紫拿着保温杯，她在我面前晃了晃。

"寒紫姐，我就知道你最好了，没喝你的咖啡我就浑身难受。"我一把抓住那个保温杯。

有寒紫的咖啡，什么都不重要了。我拿过保温杯就喝了起来，温度刚刚好。

咖啡的醇香一下子就在嘴里爆发，甜而不腻，遗憾的是，这一次的咖啡竟然加了牛奶，咖啡独有的涩味被掩盖住了。

"寒紫姐，这不是我喜欢的那个味道。"

听完这句话，寒紫狠狠地拍了一下我的脑袋，说："这是慕儿阿姨最喜欢的，那个时候她经常喝妈妈做的。我是想给你带来好运啊，你真是！"

就在这时，广播响了起来："比赛即将开始，请选手入场。"

"我该进去了。"我挥手向他们告辞。

回到比赛场上，总觉得充满了力量。因为有人给我加油。这一次我不是知道我能赢而去画，而是我必须赢所以才去画。

昨晚也多亏了苏沐，让我拥有可以去画《千年》的灵感。说实话，我没有正式谈过恋爱，所以对于这种细腻的感情，一直把控不好。

《千年》里面的爱情故事是以一种妄想的脉络和不接近现实的方式来表达人们熟悉的日常，让观众的想象由此开始散发。

"比赛开始！"一声令下，我拿起了画刀开始刮色，之前的颜色我不满意。

这一次我选择了冷色调为主题，以黑色和灰色为主要颜色，才能体现出充满寂寞的气氛。

这一次我必须和我的母亲面对面了，对！每画一次作品都是和作者一次面对面的机会。这一次我一定要把这个故事给读透！

我将自己的全部融入这幅画里面，不论是现在的感情还是现在的思想，都用来体会表现画中主角的每一丝感受。

对！用笔画下最真实的一面。

评委区上他们对我的举动议论纷纷。

"真不愧是艾翼啊。"白一鸣笑着说。

"行行行，你的宝贝徒孙就那么厉害。"

"木头鸡，可别这么说，你这是嫉妒。"白一鸣用调侃的眼神看着木国荣。

"我妒忌你？笑话！"木国荣甩了甩自己的袖子。

"你觉得那个叫苏沐的作品怎么样？"

"嗯，她的画这一次啊，纸鹞是没有问题了，三幅画都是《害怕》，用三种表达形式来画的作品，每一个都是全新的东西。"木国荣对白一鸣认真地说。

"哈哈，第一次见你这么认真。你看看白雪的。"

"竟然是《呐喊》和《盲女》。"木国荣开始有些兴奋了。

《盲女》的作者是约翰·埃·密莱。这是一幅带有极其浓厚的现实主义的油画。两个相依为命的孩子，一个是盲女，另一个是小女孩。

小女孩依偎在盲女的怀中，还一边抬起头去看天上的彩虹，似乎还在为她讲解着眼前的美丽。可是这里得画出盲女对光明的渴望，对小女孩口中的美丽景象的好奇以及和小女孩在一起的幸福。

这幅画的背景都是草地，原野上一片金黄，由此推断画中的时间在秋季。周围有一群小鸟和几头走动的牛羊，平添了些许生机。不过，这幅画里面也充斥着一种悲伤的气氛，盲女只能从小女孩的口中听外面的世界，而就连在自己衣服上的蝴蝶都无法感受。悲伤中也有着幸福，因为那个盲女似乎已经看见世界的美丽以及原野的生机。

这种超现实主义的画法是比较难把控的，可是这幅画在白雪手中竟然如鱼得水，画得非常漂亮。

"看吧，又是我的徒孙，她可是被慕儿教过一段时间呢。"白一鸣看着木国荣那一脸兴奋的神情，嘚瑟道。

"别得意，白老头。城空和零零是我的徒孙，他们的画怎么样啊？"

"城空倒是没什么，只能用很优秀来形容。进纸鹞还是没问题。零零，她的画是《蒙娜丽莎》，只有这一幅吗？不过，她的画很不一般啊。"

《蒙娜丽莎》作为达·芬奇的名作之一，成功地塑造了资本主义上位时期，一位城市有产阶级妇女的形象。没有用夸张，也没有用其他的独特的方式。这幅画很普通，但平凡中有着一股不凡的神韵！

画中的人物举止和坐姿优雅，微笑幅度极其小，很难明白这种微笑的含义。背景也是朦朦胧胧的感觉，这种"无界渐变色着色法"的笔法，充分将画中的场景表达出来，并且使整幅画具有神秘性。

零零也在尽量将这幅画的内涵与女子的微笑巧妙结合在一起。嘴唇和眼角边的那种表露感，正是这幅画神秘的真正所在，那如梦如幻般的微笑和神秘莫测的史诗级的千古奇遇。

这就是《蒙娜丽莎》神秘的微笑。不得不说，零零的这幅画表达得充分到位。

"你们二老别吵了，看看缑小兔的吧。"黑子看着争论的二人哭笑不得。

"缑小兔的？"他们两个异口同声地说道。

她的作品竟然是米勒的《晚钟》，画面中一对对着田地默默祈求的夫妇，这样的情景让人难免有些同情。丈夫的脸上的失望已经表现得彻底，但是妻子那双手合十放在胸前祈祷的样子让人难免有些心痛。

隔着这幅画，我都能听见教堂的钟声，并且这"钟声"越来越大，也传得越来越远。夕阳在这幅画里面是一个非常别致的场景，因为远处就是一片荒地。农田的颗粒无收和无力的祈祷都充斥着一个事实：这个世界上没有神明！

这种现实流派作品的表达就是那么耿直，如果有神明的话，人们的生活也就不会是这样子了。不过，或许是这个世界不存在慈悲的神明。

缑小兔的这幅画将这个表现得活灵活现，不论是天空的色彩，还是地面以及人物的影子，她都一一画了出来，而且并不是单纯地画，而是"感受"出来的。

"果然，她就是有这个实力啊！不得不服。是吧，白老头。"

白一鸣死死地看着那幅画，久久没有出声，因为单凭肉眼，根本无法区分这幅画和原作的区别。这简直就是原作。

"木头鸡，你能看出这幅画和原作有什么区别吗？"白一鸣之前那种懒散的态度瞬间消失了，转变成相当严肃的神情。

"很遗憾，不能！"木国荣摆摆手，非常无奈地说。

"既然你都这么说了，那么就不是我的眼睛出问题了。"

评论区里议论纷纷，比赛场上，参赛者还在继续作画。

这幅作品对我来说，毫无疑问是相当大的挑战。所以在赌这幅作品的时候我得加一个筹码，一个没有人接触过的筹码。

《千年》里面的感情虽然我还不能完全掌握，但是多多少少，我总能体会一点。

"上午比赛结束，请选手放下笔，等待工作人员的回收。"所有的赌注，我都得压在下午了。

刚收完画板，白雪她们又过来拉着我去吃饭。

"怎么样，有把握吗？"白雪不安地看着我问。

"放心吧，没问题。"

"你怎么先担心起别人来了。"零零无奈地冲着白雪摇头。

苏沐则没有说一句话，或许她真生气了吧。我现在已经被她扇了三个巴掌了，看来也是没机会的了。

艾羽等人也走了过来，山哥一把就搂住了我的肩膀，说："怎么样，小艾？"

"山哥，我觉得还行。"

寒紫又递给我一个保温杯，和之前的不一样。她说："这是你平时喜欢喝的。"

"谢谢寒紫姐。"

夏弥冲我笑着说："这个能给我喝一口吗？周围没有卖饮料的店铺。"

"没问题。"

白雪拉过艾羽问："这个人是谁啊。"

"白雪姐，我告诉你，你可千万别生气哦。"

"放心吧。"白雪拍着胸脯说道。

"她说她是哥哥的女朋友。"

"什么！"苏沐和白雪异口同声地说道。

完蛋了，这次跳进黄河也洗不清了。虽然，苏沐认识夏弥，不过二人似乎没有过多的交集。

"艾翼，这下你得好好解释了。"就连寒紫也掺和进来了。

面对所有人的逼问，我都不知道该怎么回答了。我连忙转移话题："艾羽，你是不是饿了，我们先去吃点东西吧。"

"不急，先把眼前的事情处理好再说。"艾羽竟然表现得异常平静。

零零一只手叉着腰一只手指着我，笑着说："艾翼，这下子你总该交代清楚了吧。"

我有些崩溃的说："这是天大的误会啊。"

"别整这些没用的，休息时间都快过去了，我们先去吃点东西吧，我们这边那么一大帮人总不能饿着。"山哥走出来说。

对我而言，山哥的出现，就好像是一位天使。若不是他的话，我真就危险了。

午饭的时候大家倒是没有聊到我，都被山哥把话题扯远了。

吃过午饭，苏沐单独拉我出去，问："夏弥姐真是你的女朋友吗？"

"哎呀，你怎么也不相信我把。这件事情真不是你们想的那样。"

她用不信任的眼神打量着我，说："那……我就勉强相信你，你如果骗我，我可饶不了你。"说完，苏沐还举了举她的小拳头。

"放心吧。"

……

"最后一场比赛即将开始，请选手进入比赛场地。"广播的声音再一次响了起来。

我向苏沐伸出了手，说："比赛快开始了，我们走吧。"

"嗯。"她没有将手放在我手上的意思，转身走掉了。

算了！接下来就看我的吧。今天最后的考试是我的主场。

缎小兔微笑着向我走了过来，说："好好加油吧，不要给风从老师丢脸。"

"这一点不用你担心！我自有分寸。"我冷着脸走了。

第二十章　最终结果

这是最后一场比赛了，决定了我的赌注是否成功。说真的，我不喜欢赌，除非到了万不得已的时候，我才会去赌，赌那些渺小的可能性。

所以，这一次我不会去做那些无用的尝试。用平常心和作品进行面对面的沟通，到达一种忘我的境界。

对！和母亲灵魂的一次面对面的沟通！

……

我睁开眼睛，发现眼前的世界一片空白，什么都没有，寂静得让人心慌。

"好久不见，艾翼。"这个熟悉而又温暖的声音是妈妈。

还是那个熟悉的样子，一点都没变。

"妈……妈妈。"我激动地抱了上去。但是，我的身子穿过了母亲。

"你来这里不是来和我聊天的吧！过来，我带你去看看《千年》！"

"嗯！"

转眼间，这个白色的空间瞬间染上了色彩，一间小屋子出现在我的眼前。

母亲指着那个门说："进去吧。"

我怀着不安的心情打开了门，映入眼帘的正是《千年》这幅画的立体图，简直就是画中的世界！

"这里是……"我吃惊地问。

"这里就是《千年》，接下来就看你的了！来感知和感受这幅画吧。"

这幅画确实是一个令人震惊，甚至说是震撼的作品，房子外面一片寂静，透过窗户看见那一片荒凉的原野。

这幅画果然是想表达一种悲伤的情绪，不论是那海绵般的钟表，还是那坐在沙发安详去世的老人，还有那眼睛里面带着眼泪的时空旅行者以及她脸上复杂的情绪。

在画这幅画的时候，我怎么没有想到给她的眼睛添上泪光呢？虽然这幅画里面的东西都显得荒诞，不过这种无法逆转的时间流逝带来的视觉压迫感也是相当震撼人心。

等等，我看见了桌子上的一封信。

我打开信封：

致亲爱的罗莉卡：

和你相处的时间很幸福，不过很遗憾，我不能陪你走到最后了。你不是说想要去各种时空都看看吗？对不起，我限制了你的梦想。

不过，现在你又可以去旅行了。我很幸福。愿上帝永远庇护你！

——拉克子·莫

原来就是这样的故事，这种爱情故事我不喜欢。

等会，信的背后还有几行字。

任何的时空都没与你相处的这段时间快乐，等着我，我会重新认识你，和你结婚，抚养孩子。所以，我们在过去再见！

原来就是这样一个故事，我明白了。就好像比翼鸟一样，这种传说中的鸟只有一个翅膀，只有雌雄互相合作才能展翅高飞。我很喜欢这种生存方式！

"我知道应该怎么做了。"

"那……是时候离开了。"

"我还能在见到你吗？"

这个画的空间开始崩塌了，声音也越来越模糊了。

"这就看你自己了，如果你……"

……

虽然没有听到母亲的最后一句话，我也没有任何遗憾了。这时候，我的笔上面似乎有了一种太阳的光芒。

在我的笔下，画中外面的那棵树和房间里面的如同海绵一样的时钟都是对感性世界、对生命的独具个性的追求。在时空旅行者的泪光中，这浮华变得拥有着无限的寓意，微尘之中见大千的气概也就是这么出来的。

这梦幻般的色彩开始在我的油画布上面绽放，这绘画手法上虚虚实实的各种应用都具有属于我自己的创造性！必须要让人们从这幅画里面发觉其中的寓意和味道以及对生命的热爱。

对！只有热爱生命才会在乎和别人的每一次相遇，才会在乎这世界里面的点点滴滴，才会懂得《千年》里面这种传奇爱恋的感受。

没错，正因为我们都是普通人，没有传奇般的邂逅，我们才要珍惜任何一次机会。所以，这一次我也不会再迷茫下去了！

这种在刹那间看见终点的感觉我不喜欢，但是，这样凄美的爱情故事给人倒是有一种新鲜感，那种非比寻常的新鲜感。这种绘画技巧总是要以绘画的方式冲破传统绘画的格局。

没错！无限的寓意和无限的妄想以及我自己的决心，统统融合在这一幅画里面，很简单也很舒服。

完成了！这就是我追求的充满梦幻般的超现实主义——《千年》。

"比赛结束，请所有选手退出比赛场，等待公布成绩。"广播的声音在我耳边回绕着。

"总算是结束了！对，结束了！"我激动地看着自己的双手，上面似乎有着什么，如果硬要说的话，那就是希望，一种无与伦比的希望。

……

刚走出比赛场，艾羽等人就围了上来。

"怎么样！有把握吗？"山哥最着急地问道。

"应该有吧。"

"你不赢，那会给风从老师丢脸啊。"缎小兔打断了我们的对话。

我瞪着她，说实话，我现在一眼都不想看见缎小兔。

"你怎么又来这掺和了？"

艾羽拉了拉我的肩膀，问："这是谁啊？怎么会认识爸爸。"

"哦，你就是风从老师说的那个没有任何天赋的废物啊。"

"你给我闭嘴！"我气愤极了。

"我先恭喜你了，反正这次的考试你赢了。你的《千年》我只看了一眼，就看出和其他人的作品不一样的东西。"

"我不是觉得我能赢才来参加这个比赛，而是我非赢不可！我才会来参加这个比赛。"

"那真是非常厉害呢，等待公布结果吧。"

我看着艾羽那失落的表情咬了咬牙！果然，这个人很危险。并不是那种危险，而是这个人的内心很危险，拥有着和她外表完全不一样的内心。

白雪他们也总算是出来了。

"怎么样，有把握吗？你的表情怎么那么严肃呢，是不是有难度啊？"白雪看着我问。

"难度是肯定的，不过，我还是有把握的。"

"就是就是，别人哪用你操心啊！"零零拍着我的肩膀说道。

"你！算了！对了，苏沐你感觉怎么样？"白雪又转过去问苏沐。

"我感觉还行吧，虽然没有十足把握。"

"那就行了！这样的感觉才是最正常的。"

夏弥将我拉过去，说："马上就要公布成绩了，你先不要乱走，我带着艾羽出去散散心。不然看着你这写满了'烦'字的脸，我都不舒服了。"

"那还真是麻烦你了。"看着艾羽那一脸伤心的表情，我心里确实很不是滋味。

对了，怎么没看见城空呢？算了，还是管好自己吧。

"请所有选手返回赛场公布比赛成绩。"

总算是到了这个时候了，不知道为什么，心里面还是有些不安。

……

比赛场上黑子阿姨拿着话筒，观众席里面坐满了人，不过和之前的那些观众不一样，这些都是来拍卖油画的收藏家或者是商人。

我和苏沐坐在一起，这样的话或许会让我更好受。

"接下来就让我们公布名次，对了，这些展示出来的画都是可以拍卖的，这些名次是以收藏价值为重的名次，前十名就是纸鹞学院的特招生。"

我的心立刻就悬了起来，很紧张，不知道该说些什么。

两块被红布包着的正方形状的东西被拿上了台上，揭开了红布。

"第十名，艾翼，或者是城空的《第一步》。因为两个作品过于相似，所以我们以拍卖价格来决定名次。有谁出价吗？底价五千。"

"艾翼！5000元！"一个熟悉的声音在后面响了起来，竟然是山哥。他这样做我很感动，不过这倒是让我有些愧疚。

"先生，你前面有一个出价器，不用喊的。时间还有 20 秒。"黑子阿姨哭笑不得地说。

好吧，山哥没有参加过这种场合，所以不明白也是正常的。

"到此为止，艾翼的作品最高出价 6000 元，城空的是 9000 元。所以，这次是城空获胜。"

白雪安慰我说："别着急。还有机会。"

的确，还有机会，这幅作品还不是我画的最好的。

"接下来第九名，是白雪的《呐喊》。请各位出价吧！"

......

拍卖和公布录用的时间已经过半了，总算是到了白热化的阶段，剩下的就是前二名了。

第十名是城空的《第一步》，成交价 9000 元。

第九名是白雪的《呐喊》，成交价 13000 元。

第八名是城空的《死亡之岛》，成交价 16000 元。很可惜我没有画完这个作品。

第七名是林淼娜的《天空》，成交价 24000 元。

第六名是零零的《蒙娜丽莎》，成交价 34500 元。

第五名是白雪的《盲女》，成交价 39000 元。

第四名是城空的《永恒的记忆》，成交价 41000 元。

第三名是缎小兔的《钟声》，成交价 43000 元。

"最后两个作品就有意思了！接下来就让我们拿出最后的两幅作品吧。"

苏沐看起来很紧张，我也是。

"第二名是艾翼的《千年》，这幅作品以非常不一样的角度表达，以爱为核心，说实话，要不是第一的作品收藏价值更高，这幅作品将会是第一名。"

我的心一下子就不紧张了。

白雪立刻就扑到了我的身上，眼睛还有着一点泪光，道："太好了！我以为你被淘汰了。"

"我现在不是没被淘汰吗？"

苏沐那边就不淡定了，一直低着头。我摸了摸她的头，安慰道："还有机会的。"

"可是……"

"相信我吧。"

虽然是这么说，但是这个机会真的不大。因为考试者也不算少，而且我们都不知道他们的实力，也有可能突然跑出一匹黑马。

最终我的作品以 50000 元的价格被拍下。

"那么就是我们万众瞩目的第一名了。"工作人员拿出来了三块画板。

这！没错！当揭开红布的一瞬间开始就证实了我的猜想！果然就是苏沐的《害怕》三部曲，这个是我自己命名的。

"苏沐，这是你的《害怕》！"零零高呼道。

苏沐抬起头看见画的一瞬间，眼泪便涌了出来。我继续抚摸着她的头，她的眼泪继续流淌着，不过这一次我想让苏沐继续哭，毕竟这是最激动人心的时刻。

《害怕》三部曲被 210000 元的价格被拍卖走。

这次考试总算是结束了，虽然我们不知道这算不算完美的结局。总算是告一段落了。

……

回去的时候，我们这一大帮人准备聚一聚。还是那家火锅店，不过，这一次我绝对不会再去碰酒了。

"总算是告一段落了，不过小艾啊，我在赛场上出丑了，你别介意啊。"山哥快人快语。

"没关系，山哥你也是为了我啊。"

"这次大家都成功地进入了纸鹞，让我们干杯。"

"干杯！"

玻璃杯和玻璃杯碰撞的声音，现在听起来就变得十分动听了。

在大家都在聊天的时候，我也应该和艾羽说明白了。

"其实啊，艾羽，之前我是骗你的。"

"我知道，夏弥姐已经说过了。"

"那……你不生气。"

"看在你这么考虑我的分上，我就原谅你吧。"

妈妈，我总算是成功了。我又拿出了那颗玻璃珠，透过这颗玻璃珠我看见了不一样的世界，究竟是什么呢？恐怕这只有我能理解了。

尾声　金色季节的落幕

2016 年冬季的某一天。

在这座城市的北山大厦，我正在仰望着天空，手中还攥着一颗透明的玻璃球，透过这颗玻璃球可以看见这片钢铁森林的全貌。

"要是你，你会怎样去描绘你所看见的色彩呢？"

周围都是空荡荡的，没有一个人去回答我。就像独角戏里的主角一样，只不过舞台的镁光灯没有跟着我一起变化。

我取下了围巾，自嘲道："果然，这种地方一个人来没有意思。"

这个时候，天边的乌云隐入了地平线，雪花夹着雨水，稀稀疏疏地滴落在这个蓝色星球之上。

我把手放入上衣的口袋中，转身离开，我的手中依然攥着那一颗玻璃球。

这大概是一个很重要的东西吧……

我们身处于一片迷宫之中，没有人知道正确的出路在哪里。总有幸运的家伙会误打误撞地走出这片迷宫，但是，那些不幸的家伙将永远困在这片迷宫中，永远也走不出去。

冬季的清晨 7：15，车站的花店前。

"艾翼，早啊。"一个发福的中年妇女从花店中走出来。

我笑了笑，礼貌地点了点头。

今天，是母亲的生日，每年的这个时候，她总会来看望母亲。

这边是去孤儿院的路。走过那一条小路，青山孤儿院的招牌已经可以看得清了，在前面的路口左转然后笔直地向前走就能看见我母亲的墓碑了。

我将那一束花平整地放在了墓碑前。

"妈，我又来看你了。今天，我要出国了，去你和父亲曾经读过的大学。希望你能给我好运，艾羽我会拜托给黑子阿姨的。不然的话，我可能连上飞机的勇气都没有……妈……接下来，我也不知道该怎么办了。"

……

黑子阿姨的家。

"真的不用和艾羽说一声吗？"黑子阿姨看着我说。

我摇摇头，不知道该说些什么了。

……

"艾羽就拜托你了，黑子阿姨。"我站了起来，准备离开。

"放心吧，还是要祝贺你考上纸鹞。"

"为了接近那个人，这算不了什么。"

黑子阿姨摇摇头说："别把自己搞得太累了，有些领域，我们是触及不了的，就像姐姐一样。对了，到了那边记得打电话，照顾好自己。"

我笑了笑，说："我会的。"

……

白雪、苏沐、零零三个人对着我抱怨道："还不快点啊。"

"抱歉！抱歉！"

夏弥、山哥、妍妍和寒紫，就连那个坤鹏也过来送我登机了。

"小艾，一路保重。"山哥对我说。

"嗯！你们在这边也是要保重啊！"

妍妍笑着塞给我一袋零食，说："路上吃吧。"

"妍妍姐，太多了，不好带啊。"

"就是，妍妍别为难人家了，你留着自己吃吧。"

"那好吧。"

坤鹏咽了一口唾沫，走到我面前鞠了一躬，说："艾翼，谢谢你。"

"没关系，坤鹏哥，过去的事情就让它过去吧。"

寒紫递给我一个大的保温杯："以后很难喝到了，现在给你喝多点吧。"

"嗯，我就知道，寒紫姐最好了！"

……

飞机刚起飞，我就开始担心妹妹："那家伙能照顾好自己么？"

飞机飞过蓝天，撕裂云层。说实话，遨游在苍穹之上的感觉真不赖。

……

2016年冬季 16：45　纸鹞学院

刚走进去，苏沐等三个女孩就被安保人员带到一个豪华的宿舍楼里面。我也想跟着进去的时候，安保人员看了看我的信息，却带我去了另一个宿舍楼。

我刚到了宿舍门口，看着眼前的一栋两层的略微破烂的宿舍楼。这和招生简章上的宿舍图片，完全不一样啊。不会走错了吧？我看了看校方给他的地址。

可惜的是，没有走错，怎么和苏沐她们的区别就这么大呢？不过，这间宿舍有一个很风雅的名字：梦境。

但是，再风雅的名字也很难掩盖它的破旧。

我摇摇头，叹了一口气。

"算了，反正可以搬到学校外面去住。"

我走进宿舍，一个老太太看着我。她用苍老又沙哑的声音问："你是新生吗？"

"对，您是？"

"我是这个宿舍的管理员，叫我欧老师就行。"

"欧老师，你好，那个107房间该往哪边走啊？"

"先别急啊，本来其他人入住时都要画一幅画的，不合格就不能入住。"

我露出了自信的笑容，就好像能够必胜一样："那就开始吧。"

欧老师打量了我一番，然后摆了摆手："算了吧，你就免了，宿舍左转最后一间。"

我拉着行李箱准备去自己的宿舍一探究竟的时候，欧老师伸手拦住了我。

"别着急，我想请你帮个忙。怎样？"

"您说说看。"

"把行李放下，跟我来。"

欧老师转过身，走向了二楼。我跟着她，原来二楼是一间画，墙壁上罗列着每一位入住这栋宿舍楼的人的作品。

欧老师指着一幅画，说："你看看吧。"

我走上前去仔细端详了那幅油画。

这幅油画是著名的《无名女郎》，这种名画如果是我临摹的话，一定要花好几个月的时间，这种入住考试临时临摹的画，真有看点吗？

画这幅画的人用我从未见过的精湛的画技表现出画中女郎的气质——高傲和自尊。这位无名女郎穿着极其华丽的衣服坐在马车上面，背景则是圣彼得堡最为著名的亚历山大剧院。

这位画家用了一种新的方式来表达这幅画，用主题性的情节来描绘塑像，展现了一股刚毅、果断、高贵、优雅的情绪。散发着一种非常高贵的气息和品质。

这就是当时俄国知识女性的形象。

"这幅画是？"我震惊不已，连声音都开始微微颤抖。

"这就是你们这一届的天才所作的，有兴趣了吗？"

我低下头，脸部挤出了一种说不出的笑容。

"啊！求之不得。"

我现在已经迫不及待地想要看见作画者了。

……

笔可以画出犁，而犁可以铸成剑，铸成的那把剑却正是你的笔。

放心，故事很长，下次我们继续讲。